O Retorno do Jovem Príncipe

FONTANAR

O Retorno do Jovem Príncipe

A. G. Roemmers

TRADUÇÃO
Paulo Afonso

FONTANAR

Título original
The Return of the Young Prince

Capa
© Mucho.es, adaptado por Luciana Gobbo

Ilustração de capa
Thomas Rochon

Revisão
Juliana Santana
Cristiane Pacanowski
Lilia Zanetti

Editoração eletrônica
Abreu's System Ltda., sob projeto de Luciana Gobbo

PRISA EDIÇÕES

CIP-BRASIL. CATALOGAÇÃO-NA-FONTE
SINDICATO NACIONAL DOS EDITORES DE LIVROS, RJ

R623r

Roemmers, Alejandro Guillermo
O retorno do jovem príncipe / Alejandro Guillermo Roemmers; tradução Paulo Afonso. - Rio de Janeiro: Objetiva, 2011.

Tradução de: *The return of the young prince*
109p. ISBN 978-85-390-0312-9

1. Fábula argentina. I. Afonso, Paulo. II. Título.

11-2794 CDD: 868.99323
CDU: 821.134.2(81)-3

Rua Cosme Velho, 103
Rio de Janeiro – RJ – CEP: 22241-090
Tel.: (21) 2199-7824 – Fax: (21) 2199-7825
www.objetiva.com.br

Prefácio

Se *O Pequeno Príncipe* é um livro universal, traduzido para 180 idiomas do nosso planeta, isso se deve ao fato de que sua linguagem também é universal. Já no fim de uma vida rica, porém curta, Antoine de Saint-Exupéry nos brindou com um relato, uma espécie de guia para a vida direcionado à juventude, através de uma viagem de aprendizado, da mesma forma que os contos de Voltaire, no século XVIII, ajudaram a florescer os ideais de liberdade e justiça.

O Pequeno Príncipe não fala somente de liberdade e de justiça, mas da própria vida. Sobre o sentido que devemos dar a ela, sobre a responsabilidade, o amor, a amizade. É a simbologia dos vínculos que reaparece a cada página, a relação entre os homens e sua ligação com o planeta e seus elementos. Saint-Exupéry fala também da necessidade de conservarmos a alma de criança para continuarmos a ser sensíveis à poesia, à beleza e à pureza. *O Pequeno Príncipe* nada mais é que a representação do próprio Saint-Exupéry. É sua alma de criança, que cresceu sem nunca se tornar realmente adulta, vivendo no céu e nas estrelas em busca da terra dos homens, responsáveis e singulares. Quando partiu, deixou um tesouro e nos pediu com veemência, na última frase de seu livro: "Não me deixem tão triste: escrevam-me depressa dizendo que ele voltou..."

Alejandro Roemmers conservou sua alma de criança e, ao encontrar esse príncipe na Patagônia, já adolescente, nos fala dele em sua obra, e chama nossa atenção para a poesia e a essência de sua mensagem. "Por que a Patagônia?", se perguntam os leitores. Numerosas viagens me permitiram descobrir o quanto "Saint-Ex" é amado e conhecido naquela região. Em cada vilarejo onde o *Aeropostal* fazia escala, fui apresentado aos hotéis onde viveu e aos restaurantes que frequentou, me mostraram sua mesa e seus pratos preferidos, às vezes apontavam a casa de alguma namorada... e até chegaram a me levar ao lugar onde supostamente teria escrito *O Pequeno Príncipe*, embora, na realidade, ele só o escreveria somente 12 anos mais tarde, em Nova York.

Alejandro Roemmers nos oferece sua compreensão de *O Pequeno Príncipe*, já que conseguiu preservar a sabedoria deste livro, de todos os livros, sobre o caminho da espiritualidade. *O Retorno do Jovem Príncipe* constitui um verdadeiro laço exuperiano em direção ao outro.

Frédéric d'Agay
Ex-presidente da Fundação Antoine de Saint-Exupéry e sobrinho-neto do autor

Algumas Palavras Introdutórias

Em um mundo devastado pela guerra, que perdia rapidamente toda a inocência e alegria de viver, um ousado piloto francês, Antoine de Saint-Exupéry, lançou um livro, *O Pequeno Príncipe*, que logo se tornaria um emblema universal desses valores perdidos.

Mais que o fogo inimigo, foi talvez a própria tristeza e o desencanto de Saint-Exupéry com a aparente perda da espiritualidade e da simplicidade em sua época que acarretaram seu prematuro desaparecimento sobre o Mediterrâneo.

Como muitos outros que leram *O Pequeno Príncipe*, eu também captei a simplicidade de sua mensagem e compartilhei a tristeza de Saint-Exupéry quando o herói-criança, que alcançara as profundezas de meu coração, foi obrigado a retornar a seu asteroide.

Somente muito mais tarde entendi como o ódio, a ignorância, os nacionalismos exacerbados, a falta de solidariedade e uma visão materialista da vida, entre muitas outras ameaças, tornariam impossível sua vida em nosso planeta.

Muitas vezes perguntei a mim mesmo, como você talvez tenha feito, o que aconteceria com criança tão especial se continuasse a viver entre nós. Como seria sua adolescência? Conseguiria preservar a inocência de seu coração?

Levei muitos anos para conseguir responder a essas perguntas e, mesmo assim, talvez as respostas que encontrei sejam válidas apenas para mim. Mas talvez (e esta é minha esperança) sirvam também para iluminar em parte o caminho da criança que trazemos dentro de nós.

É com o propósito de ajudá-lo a ser menos infeliz, caro leitor, que me atrevo a lhe trazer uma visão mais positiva de nossa época, neste início de um novo século e de um novo milênio.

Se você deseja ver fotos, lamento não poder satisfazer sua curiosidade. Há muitos anos não carrego máquina fotográfica ou câmera de vídeo em minhas viagens; na verdade, desde que notei que meus amigos se concentravam tanto nas imagens que já não prestavam atenção em minhas histórias. E é uma grave falha de minha parte não ter incluído alguns desenhos. Mais que uma envergonhada confissão de falta de talento artístico, porém, minha decisão resulta de um profundo respeito por sua liberdade de imaginação, caro leitor. Espero que você consiga enxergar através de minhas palavras como o Pequeno Príncipe era capaz de enxergar o carneiro na caixa — sem no entanto levar minha história muito a sério.

Espero também que você me perdoe a inclusão de pensamentos e considerações que me vieram à mente quando os eventos ocorreram, cuja existência eu quis deixar registrada ao recontar a história.

Dito isso, vou relatar o que aconteceu, exatamente como aconteceu.

Caso esteja se sentindo muito só, caso seu coração ainda seja puro, caso seus olhos ainda conservem o deslumbramento de uma criança, você descobrirá, enquanto lê estas páginas, que as estrelas lhe sorriem e que você poderá ouvi-las como se fossem 500 milhões de sinos.

Capítulo I

Eu estava dirigindo por uma erma estrada da Patagônia (terra que recebeu seu nome de uma tribo nativa que, supostamente, tinha pés muito grandes, ou "patas"), quando de repente avistei ao lado da estrada um embrulho de aparência estranha. Instintivamente reduzi a marcha e, para meu grande espanto, vi uma mecha de cabelos louros se projetando de um cobertor azul, que parecia envolver uma forma humana. Parei o carro e, ao descer, fui tomado de surpresa. Naquele local, a centenas de quilômetros do vilarejo mais próximo, em meio a uma área desolada onde não se via nenhuma casa, nenhuma cerca, nem mesmo uma árvore, um jovem dormia placidamente, sem qualquer preocupação que maculasse seu rosto singelo.

O que eu confundira com um cobertor era na verdade uma longa capa azul, com dragonas e forro arroxeado, sob a qual se entreviam calças brancas, semelhantes a calças de montaria, enfiadas num par de reluzentes botas de couro negro.

A vestimenta principesca era incongruente naquelas latitudes. Um cachecol amarelo-pálido tremulava descuidadamente na brisa primaveril e se enroscava às vezes nos cabelos do jovem, dando-lhe um ar melancólico e sonhador.

Parei o carro, perplexo com o que, para mim, era um mistério inexplicável. Era como se até o vento, que soprava das montanhas em grandes remoinhos, evitasse atingir o jovem com suas descargas de poeira.

Era óbvio que eu não poderia deixar que ele permanecesse naquele lugar solitário, dormindo indefeso, sem água nem comida. Embora seu aspecto não me despertasse medo, tive de vencer minha inculcada relutância em me aproximar de estranhos. Com dificuldade, tomei-o nos braços e o deitei no banco do carona.

Fiquei surpreso com o fato de ele não acordar; cheguei a recear que estivesse morto. Um pulso fraco, mas firme, assegurou-me de que não era o caso. Quando pousei sua mão flácida no assento, pensei que, se já não tivesse visto tantas imagens de anjos, eu acharia que estava na presença de um deles, recém-chegado à Terra. Mais tarde, soube que o garoto estava exausto, no final de suas forças.

Por alguns momentos, pensei em como os adultos, com alertas que visam nossa própria proteção, fazem com que nos afastemos das outras pessoas, a ponto de que tocar um indivíduo, ou olhá-lo nos olhos, provoca um desconfortável sentimento de apreensão.

— Estou com sede — disse o jovem de repente, assustando-me, pois eu já quase esquecera que não estava só.

Embora sua voz fosse baixa, era clara e transparente como a água que pedira.

Em viagens longas como aquela, que levaria três dias, eu sempre levava refrigerantes e sanduíches, de modo que só tivesse que parar para pôr gasolina. Dei-lhe então uma garrafa de refrigerante, um copo plástico e um sanduíche de carne com tomate, embrulhado em papel-alumínio. Também bebi e comi, sem dizer nada. Mas perguntas surgiam em minha cabeça. De onde você vem? Como chegou aqui? O que estava fazendo, deitado à beira da estrada? Você tem família? Onde está ela? E assim por diante. Por causa de minha natureza ansiosa, cheia de curiosidade e desejo de ajudar, ainda hoje me congratulo por ter conseguido permanecer em silêncio durante aqueles dez intermináveis minutos, enquanto esperava que o jovem recobrasse as forças. Ele, por sua vez, bebeu e comeu como se fosse a coisa mais natural do mundo alguém aparecer no meio de um quase deserto para lhe dar uma bebida e um sanduíche de carne.

— Obrigado — disse, após terminar.

Recostou-se então no vidro da janela, como se aquela única palavra fosse o bastante para esclarecer minhas dúvidas.

Depois de alguns instantes, percebi que nem ao menos lhe perguntara para onde ele ia. Como o tinha encontrado à direita da estrada, presumi que rumava para o sul; mas era mais provável que estivesse tentando chegar à capital, situada ao norte.

É impressionante como sempre presumimos que os outros seguem a mesma direção que nós.

Quando me virei para ele novamente, era tarde demais. Um novo sonho o levara para muito, muito longe.

Capítulo II

Será que eu deveria acordá-lo? Não, pois precisávamos nos locomover, fosse para o norte ou para o sul. O que não podíamos era permanecer ali.

Acelerei. Aquela vez não era como outras vezes, em que desperdicei tempo e vida conjecturando sobre que caminho tomar.

Eu estava mergulhado nesses pensamentos quando, após longo tempo dirigindo, senti faiscantes olhos azuis me observarem curiosamente.

— Olá — disse eu, lançando um rápido olhar para o jovem misterioso.

— Que máquina é essa em que nós estamos viajando? — perguntou ele, passeando os olhos pelo interior. — Onde estão as asas?

— Você quer dizer o carro?

— Carro? Ele não pode sair da Terra?

— Não — respondi, sentindo murchar o orgulho que tinha do automóvel.

— E ele não pode sair dessa faixa cinzenta?

Ele apontou o dedo em direção ao para-brisa, fazendo-me perceber minhas limitações.

— Essa faixa se chama autoestrada — expliquei, pensando comigo mesmo: de onde veio esse garoto? — E se sairmos dela a essa velocidade nós morremos.

— Isso é uma tirania. Quem inventou as autoestradas?

— As pessoas.

Diante de perguntas tão simples, as respostas me pareciam extremamente difíceis. Quem era aquele jovem que irradiava inocência e sacudia as bases do sistema de crenças que eu herdara?

— De onde você veio? — perguntei. — Como você chegou aqui?

Seu olhar me parecia estranhamente familiar.

— Há muitas autoestradas na Terra? — perguntou ele, ignorando minhas perguntas.

— Sim, são muitas, incontáveis.

— Eu estive num lugar sem autoestradas — disse o misterioso jovem.

— Mas em lugares assim as pessoas se perdem — observei, sentindo crescer, a cada minuto, minha curiosidade em saber quem era ele e de onde vinha.

— Mas quando não há estradas na Terra — retorquiu ele, imperturbável — as pessoas não pensam em se orientar pelos céus?

Ele olhou para cima.

— Durante a noite — refleti —, é possível se guiar pelas estrelas. Mas quando a luz do sol está muito forte, corremos o risco de ficar cegos.

— Ah — disse o jovem. — Os cegos veem o que ninguém mais ousa ver. Eles devem ser as pessoas mais corajosas de todas.

Eu não soube o que responder. Enquanto o carro avançava rapidamente pela tirânica faixa cinzenta, o silêncio caiu sobre nós.

Capítulo III

Depois de algum tempo voltei ao assunto, imaginando que fora por timidez que o jovem não respondera às minhas perguntas.

— O que aconteceu com você? Você pode falar comigo. Se precisar de ajuda, eu gostaria de te ajudar. — Mas ele continuou em silêncio. — Você pode confiar em mim. Me diga seu nome e qual é o problema — continuei, sem querer desistir.

— Meu problema? — repetiu ele finalmente.

— Bem, sim. — Tentei tornar as coisas mais fáceis com um sorriso, para que ele se sentisse mais à vontade. — Se você estava deitado à beira da estrada em um lugar deserto, é óbvio que está com um problema.

Após algum tempo de reflexão, ele me surpreendeu com outra pergunta.

— O que, exatamente, é um problema?

Sorri, pensando que ele falara ironicamente.

— O que é um problema? — insistiu ele.

Então ficou claro que ele esperava uma resposta. Ainda mal recuperado da surpresa, achei que ele talvez não tivesse entendido minha pergunta.

— *Problem, problème* — disse eu em outras línguas, embora a palavra soasse mais ou menos igual em ambas.

— Eu ouvi a palavra — atalhou ele. — Mas você poderia me explicar, por favor, o que significa?

Tentei em vão pescar na memória uma definição de dicionário, atônito com o fato de que, em um mundo repleto de problemas, aquele adolescente ainda não se deparara com o conceito. Por fim, vendo que não conseguia escapar de seu olhar penetrante, tentei uma explicação própria.

— Um problema é como uma porta da qual você não tem a chave.

— E o que se faz quando aparece um problema? — perguntou o jovem, cada vez mais interessado na conversa.

— Bem — refleti —, a primeira coisa a fazer é verificar se o problema é realmente seu, quer dizer, se está bloqueando seu caminho. Este é um ponto de vital importância — expliquei —, pois conheço muitas pessoas que interferem nos assuntos de outras que não pediram a ajuda delas. Desperdiçam tempo e esforço e impedem os outros de encontrarem suas próprias soluções.

Vi que ele balançava a cabeça, concordando com essa óbvia verdade, tão difícil para os adultos entenderem.

— E quando o problema é seu? — prosseguiu ele, virando-se para mim.

— Aí você deve primeiro encontrar a chave adequada; depois, deve introduzi-la na fechadura de forma correta.

— Parece simples — observou o jovem, assentindo mais uma vez.

— De forma alguma — disse eu. — Existem aqueles que não conseguem encontrar a chave. Não porque não tenham imaginação, mas porque não experimentam duas ou três vezes as chaves que têm à disposição. E às vezes não experimentam nem uma vez. Querem que a chave seja colocada na mão deles ou, ainda pior, querem que alguém abra a porta para eles.

— Todos são capazes de destrancar uma porta?

— Se você estiver convencido de que pode, provavelmente é capaz. Mas se acreditar que não pode é quase certo que não vai conseguir.

— O que acontece com aqueles que não conseguem destrancar a porta?

— Devem tentar várias vezes, até conseguirem, ou nunca vão ser capazes de explorar plenamente o potencial que têm. — Então, como que pensando em voz alta, acrescentei: — Não adianta perder a calma, culpar a porta e ficar lutando contra ela, pois vamos acabar nos machucando. Nem devemos nos resignar a viver deste lado da porta, sonhando com o que pode haver no outro lado.

— Mas não há algum motivo válido para não abrirmos a porta? — insistiu o jovem, como se estivesse resistindo a alguma coisa.

— Pelo contrário! — exclamei. — As pessoas desenvolveram uma enorme capacidade para se justificar. Você pode justificar sua incapacidade pela falta de afeto, pela falta de estudo ou pelo sofrimento que suportou. Pode convencer a si mesmo de que não cruzar o umbral é a coisa certa a ser feita, pois pode haver perigos e ameaças à espreita no outro lado. Ou pode declarar cinicamente que não está interessado no que poderá encontrar. Isso tudo não passa de maneiras de esconder a dor causada pelo fracasso. Enquanto você demora a enfrentar o obstáculo em seu caminho, a dificuldade se torna maior e você, menor. Em outras palavras, quanto mais tempo carrega um problema, mais pesado ele se torna.

Senti que a resistência do jovem estava afrouxando, mas o olhar de tristeza e resignação em seu rosto me fez continuar.

— Tudo isso leva à infelicidade. O caminho para o crescimento espiritual exige coragem para crescer e mudar. Devemos estar dispostos a deixar nossa posição confortável e enfrentar o problema quantas vezes seja necessário, até resolvê-lo de um modo que nos satisfaça. Então poderemos transpor a porta e ir em frente.

— E como posso encontrar a chave correta? — perguntou ele, sem me dar tempo de saborear a bela analogia entre problema e porta, a qual evidentemente não tinha condições de apreciar.

Neste ponto, tive que diminuir a marcha, preparando-me para ultrapassar um caminhão carregando gado. Olhando para o medidor de combustível, receei não ter gasolina suficiente para alcançar o próximo posto, muitos quilômetros à frente. Para diminuir o consumo de gasolina, forcei-me a reduzir a velocidade. Lamentei que meu automóvel não fosse equipado com um desses modernos dispositivos eletrônicos que calculam exatamente que distância poderá ser percorrida com determinada quantidade de combustível. Era um consolo, entretanto, saber que o caminhão estaria atrás de mim, para qualquer eventualidade. Ao ultrapassá-lo, sorri para o caminhoneiro e fui recompensado com uma alegre buzinada. Na Patagônia, ainda hoje, é uma ocasião feliz, até mesmo uma bênção, encontrar outro ser humano. Portanto, buzinadas desse tipo se tornaram um hábito estabelecido.

— Como eu encontro a chave correta? — insistiu o jovem, alheio às minhas reflexões, deixando óbvio que não era do tipo que desistia de uma pergunta após fazê-la.

— Exatamente desta maneira! — exclamei eu, tentando disfarçar uma leve irritação: eu já estava cansado de dirigir. — Quero dizer, se você fizer a pergunta várias vezes, encontrará sempre uma resposta. E se continuar a enfiar na fechadura todas as chaves disponíveis, acabará abrindo a porta.

E pensei: "... Se você continuar a repetir a pergunta por mais dois ou três dias, vai me deixar completamente louco." Mas uma vozinha dentro de mim traduziu isto como "completamente são".

Capítulo IV

Como eu tinha encorajado o jovem a formular perguntas, nada impediria que ele continuasse a fazer isso até o final da viagem. Decidi então que, como a estrada era longa e monótona, aquela conversa singular poderia ser uma fonte de entretenimento se, em vez de considerar as perguntas uma espécie de interrogatório, eu conseguisse transformá-las em um divertido jogo intelectual. Curiosamente, essa mudança de percepção fez minha fadiga desaparecer como que por mágica, e me vi esperto e alerta, disposto a deixar minha imaginação perambular à vontade.

— Você disse — prosseguiu o jovem, recostando-se no assento — que só a chave não é suficiente, que temos de encontrar o método correto para usá-la. Como vou descobrir esse método?

— Sim, realmente — comecei, com renovada energia, enfatizando minhas palavras com um gesto de mão. — O melhor método ou sistema para resolver um problema é não considerá-lo um problema, apenas uma dificuldade ou um desafio. Claro que o obstáculo continua o mesmo, mas agora é visto com uma conotação positiva. Você deve agradecer à Providência por encontrar dificuldades de vez em quando.

— Agradecer pelas dificuldades? — perguntou o jovem, incrédulo.

— Sim, pois isso lhe permite crescer e galgar o caminho da perfeição. Se os obstáculos em nossa vida forem vistos sob essa luz favorável, você perderá menos tempo reclamando deles e levará uma vida mais plena.

Como o jovem estava prestando atenção, prossegui.

— Outra coisa que você pode fazer, quando encontrar a dificuldade, é reconhecer que ela existe e observá-la sob diferentes ângulos; ou então dividi-la em partes menores, em dificuldades menores.

O jovem assentiu pensativamente e disse:

— Eu fui obrigado a solucionar em partes uma grande dificuldade.

— Que dificuldade? — perguntei com óbvia curiosidade.

— Seria impossível chegar à Terra de uma vez só...

Achei difícil manter a boca fechada enquanto ele continuava:

— Foi por isso que tive de dividir a distância e fazer sete paradas em sete asteroides.

Concluí que, mesmo que tivesse perdido o juízo, aquele garoto demonstrava uma imaginação fértil.

Após um momento de silêncio, durante o qual pareceu perdido em lembranças, ele disse:

— Em minhas viagens, encontrei alguém que tinha um problema sem solução.

— Ah, é? — comentei distraidamente.

— Era um homem que bebia para esquecer.

— Para esquecer o quê?

— Que estava cheio de vergonha e sentimentos de culpa.

— Por quê? — perguntei.

— Porque bebia — respondeu o jovem, fechando aquele intrigante círculo.

— O sentimento de culpa — disse eu — nos paralisa e nos impede de resolver muitos problemas. Assumir a responsabilidade o faz desaparecer e nos permite agir de forma mais positiva, compensando ou reparando o prejuízo causado. Ou simplesmente seguindo em frente, sem repetir o comportamento que provocou o sentimento de culpa.

— Mas se você fez alguma coisa errada — retrucou ele — como pode evitar o sentimento de culpa?

— O sentimento de culpa não ajudou o seu bêbado. É uma punição inútil, que esgota as forças dele. O homem só continua se punindo porque parou de amar a si mesmo. Você não lhe perguntou por que ele começou a beber, em primeiro lugar?

— Não — disse o jovem de forma hesitante.

Finalmente sorri, sabendo que seria mais fácil encontrar a tumba de um faraó desconhecido do que uma pergunta que aquele garoto ainda não tivesse feito.

— A solidão, não ser amado, alguma frustração... não sei qual pode ter sido a causa, mas não há dúvida de que o vício de beber é apenas uma consequência. Aí você tem um exemplo comovente dos efeitos destrutivos de não se superar uma dificuldade.

— Que ingenuidade minha ter julgado ele como julguei! — disse o jovem, arrependido. — Talvez meu amor pudesse ter sido a chave para abrir a porta pela qual ele nunca passou.

— Como nossa vida seria mais positiva — acrescentei —, se parássemos de nos julgar e julgar os outros, se não reclamássemos sobre todos os tipos de inconveniências e deixássemos de torturar a nós mesmos, perguntando se merecemos ou se poderíamos ter evitado as dificuldades que nos confrontam. E se, em vez disso, aplicássemos nossos talentos para solucionar os problemas e aceitar o que não pode ser mudado!

O jovem estava me escutando com atenção; continuei então a pensar em voz alta.

— Você vai descobrir que, muitas vezes, ao mudar seu ponto de vista, o obstáculo desaparece, pois a única dificuldade está dentro de nós, em nossa visão limitada e inflexível.

— A dificuldade está dentro de nós? — repetiu o jovem com ar incrédulo, olhando para sua barriga.

— Na maioria das vezes é assim — respondi. — Mas a solução também está dentro de nós. O mundo dos pensamentos carrega o mundo material em sua esteira. Basta imaginar coisas, e elas provavelmente existirão para você. Até certo ponto, você cria a realidade que o cerca, como se fosse um pequeno deus de suas redondezas.

— Como isso é possível? A realidade neste planeta não é a mesma para todas as pessoas? — perguntou o jovem em tom de surpresa.

— Talvez a realidade seja única em seu todo — refleti. — Mas cada um de nós só percebe a fração que nossa consciência registra através de nossos sentidos e nossas afinidades. Ao filtrar a realidade e admitir apenas algumas ideias, pessoas e situações que concordam conosco, estamos de certa forma refletindo nossa própria imagem.

— Você quer dizer que as pessoas nunca conhecem a realidade, mas apenas a si mesmas através dessa realidade?

— Isso é bastante óbvio quando você considera as vastas limitações de nossos sentidos, que ficam claras quando pensamos nas máquinas que captam ondas de alta e baixa frequência que nossos ouvidos não percebem, ou nos microscópios e telescópios que aumentam nossa capacidade visual. Mas nem sempre entendemos com igual clareza que a observação de nossas redondezas e dos eventos que nos afetam é um dos melhores métodos de autoconhecimento, pois tudo o que nos perturba no mundo externo é um sinal da falta de reconciliação com um princípio análogo em nosso interior.

— Por que você usa termos tão difíceis? — reclamou o jovem.

— É como se a avareza de outra pessoa só pudesse perturbar alguém que é avarento, pois um indivíduo generoso consideraria esse atributo apenas um fato, sem ser muito afetado por ele — disse eu, notando que meu companheiro de viagem estava começando a entender. — Da mesma forma, aqueles que lutam contra maus vizinhos e membros de sua família, contra a injustiça de seus patrões, contra a sociedade e muitas outras coisas, sejam certas ou erradas, estão na verdade lutando contra si mesmos — disse eu, sintetizando minha ideia.

— Se estão esgrimindo contra um espelho, quem eles vão vencer? — perguntou o atônito jovem.

— O problema dessas pessoas é não entenderem que quem entra em conflito com o ambiente que o cerca acaba sempre perdendo — concluí. — A maior parte do sofrimento humano resulta da resistência às circunstâncias que nos cercam e dos atritos entre seres humanos e as leis deste mundo. O homem sábio está em harmonia com tudo o que existe. Enxerga a realidade e reconhece que tudo o que existe é bom. Ele já não enxerga os atritos. Sabe que não há nada a ser melhorado neste mundo, mas há muito a ser melhorado em cada pessoa.

— Tudo o que existe é bom pelo simples fato de que existe? Por que você sempre torna as coisas tão difíceis? Por favor, me dê um exemplo que eu possa entender — pediu meu jovem acompanhante.

— Quando você empurra uma parede com toda a sua força — comecei —, pode sentir a parede resistindo com a mesma força. Se aumentar a pressão, a parede aumenta a resistência. A solução é tirar as mãos dela. A pressão desaparece por si mesma. Quem reconhece que a parede tem direito de existir, não precisa empurrá-la, nem será afetado pela existência dela.

— Tudo bem — disse o jovem —, mas se o que você disse sobre conhecer uma parte da realidade é verdade, então cada pessoa vive em seu mundo particular, e existem tantos mundos quanto pessoas.

— Pode ser mais fácil se você imaginar a coisa como peças em um quebra-cabeça. Juntas, elas formam uma realidade maior do que cada peça individual. A maravilha disso é que cada pessoa é capaz de mudar e transformar o mundo de acordo com sua percepção, sem ter de lutar e sem ajuda externa.

— Entendo o que você quer dizer — interrompeu o jovem. — Se eu vejo um rosto hostil no espelho, tudo o que preciso fazer é sorrir.

— Exatamente — concordei. — Da mesma forma, se você tiver um vizinho desagradável, deve tentar ser um vizinho melhor; se quiser ter um bom filho, comece a ser um pai melhor, ou vice-versa. O mesmo se aplica a maridos, esposas, patrões, empregados. Só existe uma maneira de mudar o mundo: mudar a si mesmo.

Capítulo V

Durante algum tempo, permanecemos absortos, contemplando a imensidão da Patagônia. Um vento persistente soprava dos cones truncados das montanhas, parando para um breve repouso nas moitas verdes. A distância, uma língua vermelha de notros* parecia abrir caminho em uma encosta de pinheiros. Uma ideia estranha me ocorreu, e eu decidi expressá-la em voz alta.

— Talvez o universo tenha sido criado por um espírito superior, baseado em sua própria imagem, com o propósito de conhecer e vivenciar a si mesmo.

O jovem não pareceu surpreso com a sugestão.

— O que as pessoas neste planeta fazem? Elas são livres ou têm de permanecer na estrada? — perguntou.

---

* Árvores características da parte austral da América do Sul, cujas flores são vermelhas. (N. do T.)

— Do modo como eu vejo as coisas — respondi —, viver é aprender. Tudo o que acontece tem um significado para quem o vivencia. Quanto mais conscientes nos tornamos, melhor extraímos o significado inerente às coisas que acontecem conosco. Às vezes a dor e a doença que rejeitamos são as situações que podem nos oferecer a maior quantidade de informações. O destino sempre encontra um meio de nos ensinar que aquilo que nos dá mais resistência é aquilo que menos queremos aceitar.

— O destino é o caminho de cada pessoa? Elas podem mudar seu destino? — perguntou o jovem, cada vez mais confuso.

— Sim — respondi laconicamente, sabendo que nas bibliotecas do meu planeta existem milhares de volumes que tentam, em vão, responder à pergunta dele de forma categórica.

Como o jovem continuava a me olhar com ar aturdido, recorri a uma metáfora.

— Pense em você mesmo como um rio que deve avançar a qualquer custo. Você procura evitar as montanhas, tentando descobrir o caminho de menor resistência. As dificuldades — prossegui — são como as pedras que encontra no caminho. Se você as arrasta consigo, elas acabam formando um dique que vai barrar seu caminho. Mas se você souber superar cada uma delas conforme forem aparecendo, seu fluxo vai ser constante e suas águas, cristalinas, como se a fricção nas pedras aumentasse seu brilho. Você pode se sentir culpado, indigno de tanto brilho; então vai encontrar lama, para turvar suas águas. Você pode se tornar preguiçoso e ficar pelas planícies, até se extraviar em meio aos pântanos. Você pode se tornar intrépido demais e virar uma cachoeira num precipício, ou entrar em cânions tortuosos onde acabará se perdendo. Você pode endurecer sua alma até suas águas se transformarem em gelo, ou pode se evaporar nas carícias do deserto.

— Se eu fosse um rio, não iria querer me congelar ou morrer no deserto — disse o jovem.

— Neste caso, deseje ser puro e você será transparente; imagine que é generoso e fertilizará os campos; renove a si mesmo e sua limpidez matará a sede das pessoas; estabeleça uma meta e alcançará seu destino; acredite que é um guia e irá liderar os outros; sonhe que é um espírito e acordará para uma vida nova.

Parei de falar e, no silêncio, nossos olhos percorreram as planícies inóspitas antes de se erguerem e contemplarem a cordilheira à frente, azulada e fantasmagórica.

Capítulo VI

O jovem parecia encantado com a metáfora do rio e se recolheu aos próprios pensamentos. Quanto a mim, dei-me conta de que havia horas levava um estranho em meu carro (um estranho agradável, com certeza, mas um estranho mesmo assim) sem saber nada a seu respeito. Embora estivesse muito curioso para descobrir mais sobre aquele jovem singular, minha intuição me dizia que a revelação ocorreria por si só, e viria mais rápido, se eu não tentasse forçá-la com perguntas. As pessoas às vezes são como ostras. Tudo o que temos de fazer é esperar, até que elas entreguem a pérola que trazem no seu interior.

Mas nem um mestre da arte esotérica de adivinhar o futuro poderia ter previsto a pergunta que me chegou aos ouvidos.

— Os carneiros também têm problemas?

— O que você disse?

— Os carneiros têm problemas também? — repetiu ele placidamente, como se eu fosse uma dessas pessoas a quem tudo precisa ser dito pelo menos duas vezes para que elas entendam.

Agradeci a Deus pelo nível baixo de combustível, que me forçara a reduzir a velocidade, pois uma pergunta como aquela poderia me ter feito derrapar para fora da estrada. Bastou um olhar para que eu me assegurasse de que ele estava falando sério, embora não no sentido estrito da palavra. Desorientado, respondi com franqueza.

— Realmente não sei. Suponho que, para saber com certeza, eu teria de ser um carneiro, você não acha?

Para minha grande surpresa, o jovem assentiu gravemente e pareceu satisfeito, senão com a lógica da resposta, pelo menos com o fato de um adulto admitir ignorância. Então observou:

— Você quer dizer que para saber os problemas de uma flor você tem de ser uma flor, certo?

Mas eu não estava disposto a passar a tarde na defensiva, esperando pela próxima surpresa do adversário. Aquela era uma esplêndida oportunidade para desfechar uma contraofensiva.

— Você está enganado, meu amigo — disse eu, partindo para o ataque. — Você não precisa ser uma flor para perceber que as flores têm problemas. Elas são muito lindas e indefesas. Algumas têm espinhos para se proteger daqueles que, atraídos por sua beleza, querem cortar suas gargantas para enfiá-las em um vaso.

Ele olhou para mim, horrorizado. Pensei que estava a ponto de desmaiar, mas ele se recompôs e conseguiu murmurar:

— Será que os espinhos realmente protegem as flores? — Seu olhar implorava por uma resposta afirmativa.

Mas, estimulado por minha despótica superestimação da verdade, mantive um avanço implacável. Afinal de contas, para mim era apenas um jogo.

— Não — disse eu. — Os espinhos não as protegem realmente. Esse é o problema delas.

Pela expressão em seu rosto, presumi que, ao contrário de mim, meu estranho amigo não considerava aquilo um jogo. Mais tarde me arrependi, quando soube que era uma questão de vida ou morte para uma amiga dele.

Às vezes, sem perceber, nós, adultos, jogamos com os mais profundos sentimentos das crianças e destruímos coisas muito mais valiosas que qualquer objeto que elas possam quebrar.

Seria inútil lembrar que as flores sobrevivem há milhares de anos com tal problema, o qual faz parte de sua própria natureza. Meu jovem amigo não estava preocupado com isso. Ele queria salvar uma única flor. E quando uma flor é única, todas as estatísticas e os livros de jardinagem da Terra não passam de um pobre consolo. Como se estivesse pensando em voz alta, ele acrescentou:

— Se elas renunciassem à beleza e se escondessem, talvez não tivessem problema... mas também já não seriam flores. — E concluiu: — Elas precisam da nossa admiração para serem felizes. Vaidade, esse é o problema delas.

Foi quando o olhar triste que eu já vira antes, e que desaparecera com seu surto de curiosidade, retornou a seus olhos.

— De qualquer forma, os problemas dos carneiros e das flores não têm mais importância para mim.

Somente mais tarde, entendi o que ele quis dizer.

Após uma pausa, ele explicou:

— Eu estou procurando uma pessoa que não vejo há muito tempo. Ele parece um pouco com você, mas tem uma máquina voadora.

— Um avião? — perguntei, um tanto confuso.

— Sim, é isso, um avião.

— E onde ele vive? — perguntei, tentando ajudar, pois sabia que havia diversos clubes de aviação na área, eu os vira assinalados no mapa.

— Não sei — disse ele com tristeza. Então, como se estivesse falando consigo mesmo, observou: — Eu não sabia que as pessoas viviam tão distantes umas das outras.

Percebendo a perplexidade em meu rosto, ele explicou mais:

— A Terra é grande, entende, e meu planeta é muito pequeno.

— E como você pretende encontrar esse homem? — perguntei, vasculhando ao mesmo tempo a parte do cérebro em que eu arquivava os muitos romances de detetives que lera na adolescência.

Mas sua resposta teria desconcertado até o próprio Hercule Poirot.

— Ele me deu de presente estrelas que sabem rir — respondeu ele em tom saudoso.

Por um momento, foi tomado por forte emoção. Notei que seus olhos estavam úmidos.

Foi quando eu tentava imaginar a figura de um aviador para quem as estrelas sorriam que percebi quem ele era. Claro! O carneiro, a flor, as estrelas, a capa azul! Eu deveria ter percebido desde o início, mas estava trancado em meu próprio recôndito asteroide...

Capítulo VII

Naquele mesmo instante, justamente quando o carro estava consumindo seus últimos litros de gasolina ecológica, o letreiro de um posto de gasolina apareceu, como se estivesse correndo para nos socorrer. Dei um suspiro de alívio. Após encher o tanque e verificar os níveis de água e óleo, tive de insistir para que o Jovem Príncipe se lavasse no toalete. Era como se lhe faltasse vontade de se cuidar.

Depois de algum tempo na estrada, perguntei a ele:

— Foi ele quem lhe deu o carneiro, não foi?

Ambos sabíamos a respeito de quem estávamos falando, mas senti mágoa em sua expressão quando ele respondeu.

— Foi o que eu pensei na época.

— O que você quer dizer com isso? — perguntei, para estimulá-lo a continuar.

Seus traços revelavam tristeza, incredulidade, raiva e tristeza outra vez, em rápida sucessão. Bem no fundo daqueles olhos claros, parecia arder uma chama de esperança. Minha intuição me dizia que provavelmente fora ela que o trouxera até aqui.

Quando finalmente falou, ele o fez em tom de resignação.

— É uma história triste, acho que você não vai se interessar — disse ele, sem demonstrar nenhuma curiosidade em descobrir como eu soubera da existência do carneiro.

— É claro que estou interessado! — repliquei, tão enfaticamente que receei ter de explicar por que estava tão interessado na existência de um carneiro que nunca vira.

Senti-me aliviado quando o Jovem Príncipe iniciou sua história. Foi como se meu oponente não tivesse percebido o movimento que me colocaria em xeque-mate.

*

Certa manhã, quando o Jovem Príncipe se encontrava atarefado com a limpeza diária de seu planeta ("é muito importante manter seu planeta limpo", explicou ele), uma erva daninha que ele estava para arrancar do chão falou com ele.

— Se o senhor me arrancar, vai cometer outro erro.

— O que você quer dizer com "outro erro"? — perguntou o Jovem Príncipe, suspeitando de alguma armadilha.

— Quero dizer que irá se privar de uma erva inteligente, que poderia ser muito útil ao senhor. Afinal de contas, que mal eu poderia lhe fazer? Estou em suas mãos. O senhor pode me arrancar quando quiser, mas eu acredito que vai precisar de mim. O senhor será meu amo e eu serei sua criada.

Depois de pensar no assunto por um momento, o Jovem Príncipe fez outra pergunta, sem ainda se comprometer com uma decisão.

— O que você quis dizer com "outro erro"? Qual foi meu erro anterior?

— Um erro simples, Amo. O senhor acredita que há um carneiro naquela caixa, não acredita?

— É claro que há um carneiro naquela caixa! — exclamou o Jovem Príncipe, indignado. — É um lindo carneiro branco que meu amigo da Terra me deu de presente. Infelizmente, por causa do desgosto que sentiu com a minha partida, ele se esqueceu de me dar a focinheira e a coleira. Por isso não posso levar o carneiro para passear, porque ele pode escapar e comer a flor.

Quando parou para recobrar o fôlego e estava para arrancar a erva daninha do chão, ela falou com ele de novo.

— Amo, se em vez de se deixar levar pelas emoções o senhor permitir que eu me explique, acho que posso explicar tudo ao seu senhor.

Dizendo isso, a erva desdobrou uma de suas folhas, na qual, para o espanto do Jovem Príncipe, estava uma reprodução exata de um carneiro ao lado de um garoto. Após examinar a imagem por alguns instantes, o Jovem Príncipe reconheceu que jamais vira um desenho tão detalhado.

— Não é um desenho, é uma fotografia — disse a erva com certo ar de triunfo, pois estava prolongando sua própria vida. Depois prosseguiu: — É uma imagem que captura a realidade exatamente como ela é. Como o senhor pode ver, um carneiro real é mais alto que o peito de uma criança. Se o senhor me perguntasse na época, eu poderia ter explicado que o carneiro, mesmo recém-nascido, mede mais que os vinte centímetros do comprimento da caixa.

Finalmente, adotando um tom misericordioso, a erva foi direto ao ponto.

— Sinto muito, Amo. Me dói ter que lhe dizer isso, mas como sua jovem criada devo alertar o senhor contra esse suposto amigo que se aproveitou de sua confiança, porque essa caixa na verdade está vazia.

Naquele momento, o mundo do Jovem Príncipe desmoronou ao seu redor. Foi o dia mais triste de sua vida. Desde então, ele passou a desconfiar de tudo e de todos. E nenhum pôr do sol foi capaz de consolá-lo como antes...

Capítulo VIII

Eu sabia que havia lágrimas em seu rosto enquanto ele falava, mas me esforcei para manter os olhos na faixa de asfalto, que se estendia, cinzenta e escura, até o horizonte. O Jovem Príncipe continuou a falar no mesmo tom resignado.

— Daquele momento em diante, a erva me explicou coisas que eu não entendia antes. Ela me alertou sobre a manipulação maliciosa das flores e sobre o comportamento traiçoeiro das pessoas. Ela me apresentou às ciências da química e da física e explicou as últimas estatísticas e variáveis econômicas. Apesar disso, sem o meu carneiro, os dias ficaram mais longos e os crepúsculos, mais tristes.

Certa noite, o Jovem Príncipe teve um sonho muito vívido. Ele estava com seu amigo em um avião, sobrevoando as maravilhosas paisagens da Terra. Contemplavam montanhas majestosas, vales deslumbrantes cortados por rios cristalinos — onde a sombra do avião planava de vez em quando — e prados floridos que pareciam tapetes bordados, protegidos dos ventos por densas florestas. Como voavam muito baixo, podiam ver cervos, cavalos, cabras, lebres e raposas correndo à solta pelos campos, e até mesmo trutas, que pulavam alegremente nos riachos. O Jovem Príncipe não sentia vontade de perguntar nada, e seu amigo não lhe oferecia nenhuma explicação.

Ambos apenas observavam as maravilhas que se estendiam diante de seus olhos. Sorrindo, apontavam para uma ou outra que lhes chamava mais a atenção e davam grandes risadas. O Jovem Príncipe nunca se sentira tão feliz. De repente, seu amigo começou a fazer uma curva, indicando que iriam pousar em uma colina coberta de grama. O pouso foi perfeito, como se a terra amolecesse sua crosta para lhes dar respeitosas boas-vindas. Assim que desceram, seu amigo piloto o levou até o outro lado da encosta, onde um rebanho de carneiros pastava pacificamente.

— São todos para você — disse ele. — Não sei quantos são. Não achei importante contá-los. Comecei a criar esses carneiros no dia em que você partiu. O rebanho cresceu, em meu coração, tanto quanto meus sentimentos por você.

Quando o Jovem Príncipe, muito comovido, virou-se para abraçar o amigo, acordou sozinho em seu tranquilo e silencioso planeta. Duas lágrimas doces se tornaram amargas enquanto caíam, e uma voz interior lhe disse:

"Procure seu amigo e deixe que ele explique as razões dele. É o único jeito de fazer as estrelas sorrirem novamente..."

— Foi assim que decidi fazer esta viagem — disse o Jovem Príncipe.

*

Na manhã seguinte, bem cedo, ele foi se despedir da flor, da qual ultimamente se sentia um pouco distante. Ela parecia pálida e murcha, como se a falta de atenção do Jovem Príncipe tivesse drenado sua vida.

— Adeus, estou partindo — disse o Jovem Príncipe, mas a flor não respondeu.

Ele a afagou com as duas mãos, mas ela não se moveu. Agora, nada mais o retinha.

Vários brotos de baobá haviam surgido ao lado da estrada, e o solo começara a estalar desde que ele deixara de limpar os vulcões. Mas nada parecia importante. Ele estava prestes a partir, quando se deparou com a erva daninha.

— Para onde o senhor vai tão cedo? — perguntou ela.

O Jovem Príncipe não disse nada, para não alarmá-la, mas seus olhos lhe deram a resposta que ela queria.

— O senhor não pode ir embora! O senhor é meu Amo! — ordenou ela.

— Sendo assim, daqui por diante você está livre — respondeu o Jovem Príncipe.

— O senhor não pode fazer isto comigo. O senhor sabe que não posso mais viver em liberdade. Preciso de alguém para servir e o senhor precisa de alguém para servi-lo — insistiu a erva.

— Se eu não pudesse viver sem você, eu seria seu escravo e você minha ama — observou o Jovem Príncipe.

— Eu vou morrer se o senhor me deixar aqui. Não há outro amo para arrancar as outras ervas, e logo elas vão cobrir todo o planeta — implorou a erva.

O Jovem Príncipe hesitou por um momento, mas já havia tomado sua decisão. Seguiria a orientação de seu sonho. Então disse à erva:

— Se você quer vir comigo, vou ter de arrancar você — e a agarrou firmemente pelo caule.

— Não, não! — berrou a erva.

— Então adeus — disse ele e partiu.

*

— Foi assim que começou minha jornada — continuou o Pequeno Príncipe, dando a entender que fora bem longa. — Finalmente cheguei à Terra e vim parar neste lugar solitário. Os animais e as flores não falavam comigo como quando eu era criança. Não encontrei nenhum ser humano para me orientar. Eu estava exausto. Sem saber para onde ir, deitei naquele lugar onde você me encontrou...

Ele ficou em silêncio. Percebi que mais cedo ou mais tarde todos temos de iniciar uma árdua jornada para o âmago de nós mesmos. Nenhuma conquista oferece uma recompensa maior que a conquista de nosso próprio ser.

Capítulo IX

— Como você vê, é uma história muito triste, e não há muita coisa que você possa fazer para me ajudar — concluiu o Jovem Príncipe.

Eu estava tão entretido com suas aventuras que, quando ele terminou o relato, tive a impressão de que o carro estava no piloto automático.

— Uma história triste, realmente — disse eu. — Mas você está enganado em pensar que eu não sou capaz de te ajudar. Há muita coisa que eu posso fazer!

O Jovem Príncipe logo adotou uma posição defensiva.

— Mas você não entende? Eu perdi o único amigo que podia fazer as estrelas sorrirem, o carneiro que passeava comigo à tarde e a flor que me alegrava com seus joguinhos e com sua beleza. Você não compreende que eu nunca mais verei a erva que era minha protetora e conselheira, nem meu pequeno planeta, que com certeza vai explodir por causa das erupções vulcânicas? E você acha que pode me ajudar? — perguntou ele, me desafiando.

Notei que a súbita irrupção emocional trouxera um pouco mais de cor a seu rosto.

— É verdade — disse eu, confiante. — Posso ajudar você a recuperar tudo o que perdeu e até mais. Porque, afinal de contas, o que você perdeu foi a alegria de viver, a própria felicidade. Mas eu só posso ser útil se você permitir e estiver disposto a ajudar a si mesmo.

Ele olhou para mim com ar duvidoso, mas não disse nada. Então prossegui:

— Esta é a primeira dificuldade importante que você enfrenta em sua vida, e tem de resolvê-la. A verdade é que, apesar de se sentir arrasado, isso não é o fim do mundo. Você tem a seu favor o fato de querer superar essa situação, o que é uma exigência tanto da sua natureza espiritual quanto do seu instinto animal.

— Como você pode estar tão certo de que eu tenho determinação suficiente para resolver meu problema, quando eu mesmo não acho que tenho?

— Essa é uma boa observação — disse eu, congratulando-me comigo mesmo por ter captado a atenção dele. — Vou lhe dizer por que estou tão certo. Em primeiro lugar, você teve coragem para abandonar a aparente segurança do seu pequeno planeta e sair pelo universo, em busca de uma solução. Em segundo lugar, mesmo se sentindo no final de suas forças, você se deitou em um lugar onde poderia conseguir ajuda. Se você tivesse se deitado no meio da autoestrada ou no meio da planície, provavelmente agora estaria morto. Em terceiro lugar, nossa primeira conversa foi sobre problemas e dificuldades, o que significa que você está tentando obter informações úteis para sair dessa situação.

Percebendo que estava conseguindo a atenção e a confiança dele, continuei:

— Mais cedo, nós conversamos a respeito de como analisar e resolver problemas. Se você estiver disposto, seria bom examinar sua dificuldade agora. Estou dizendo "dificuldade" porque sei que você pode superá-la. E embora você não consiga acreditar, a chave para resolver o problema está dentro de si mesmo.

Sua reação foi imediata.

— Como você pode dizer isso, quando minha vida era tranquila e feliz até eu descobrir a falsidade do meu amigo? Esta, e somente esta, é a causa de toda a minha infelicidade — respondeu o Jovem Príncipe, indignado.

— Você está colocando o problema fora de você e culpando outra pessoa pela sua situação, o que é uma ótima maneira de não resolver o assunto — disse eu calmamente. Seus olhos pareciam estar me queimando. Antes que ele pudesse dizer qualquer coisa, prossegui: — Mais tarde vou lhe mostrar que essa suposta falsidade não foi o que você pensa ou, pelo menos, não teve a intenção negativa que você imagina. Mas vamos supor, por enquanto, que seu amigo enganou você. Isso justificaria sua raiva, sua desilusão e até sua tristeza, mas não pode explicar o fato de você ter parado de se deslumbrar com a beleza da flor, a poesia dos crepúsculos e a música das estrelas.

Com a atenção do meu ouvinte garantida, continuei tranquilamente.

— A suposta falsidade do seu amigo teve um efeito tão devastador na sua vida porque estava baseada em uma coisa extremamente frágil. É provável que o carneiro já não pudesse mais consolar você, e a flor, de tão egocêntrica, não fosse capaz de lhe trazer satisfação. É óbvio que as tarefas do dia a dia já não preenchiam sua alma, e você não tinha nenhuma outra atividade que lhe servisse como refúgio temporário. Sua realidade talvez tivesse se tornado insípida. A única coisa que mantinha sua tranquilidade era a saudade que sentia do seu amigo ausente. Quando esse único apoio se esfarelou, tudo acabou desmoronando. Na verdade, seu mundo já estava vazio. Como a flor, que já tinha murchado antes de você partir. A suposta falsidade do seu amigo foi apenas o detonador, mas não foi de forma nenhuma responsável pela sua situação atual. Quanto mais cedo você aceitar isso, mais rapidamente vai progredir.

Pude sentir que uma luta entre a justificativa e a aceitação começava a ser travada dentro dele. Apressei-me então a acrescentar o que havia notado como observador externo.

— Se você tivesse sido mais seguro de si mesmo, mais confiante em seus sentimentos, a erva não teria conseguido se introduzir com tanta facilidade na fenda que se abriu no seu coração, nem ter uma influência tão negativa em sua vida.

O Jovem Príncipe estava a ponto de protestar, provavelmente para defender a erva daninha, mas, tomando fôlego, retomei a palavra.

— Por que tantas vezes preferimos a pessoa que nos desilude àquela que nos oferece uma ilusão?

Sua momentânea perplexidade, ao ouvir minha pergunta, proporcionou-me a pausa necessária para que eu prosseguisse.

— Desconfie daqueles que destroem seus sonhos com a desculpa de que estão lhe fazendo um favor, porque geralmente eles não têm nada para oferecer em troca!

Perguntei a mim mesmo se não haveria alguma sensatez no antigo costume de se matar o arauto de más notícias. Ao longo dos anos, descobri que, na maioria dos casos, as notícias eram incorretas, não tinham a intenção que lhes era atribuída ou, como não havia nada a ser feito, eu teria preferido ouvi-las o mais tarde possível. Continuei então:

— Mais cedo ou mais tarde, todos os sonhos deixam de ser sonhos. Até mesmo o sonho da vida, em que nós acordamos na morte, ou vice-versa. Eu lhe digo sinceramente que seu amigo lhe deu o mais belo carneiro do mundo, o carneiro com o qual você sonhava, o único que iria adorar, o único que o acompanharia até seu pequeno planeta. Você não gostava da companhia dele durante o pôr do sol? Não lhe fazia companhia durante a noite para que ele não se sentisse sozinho, e para que você também não se sentisse sozinho? Não desconfiou de que ele era seu porque você é quem o tinha domesticado e que, portanto, você também pertencia a ele? Não há dúvida de que ele era muito mais real e vivo do que o animal que você viu na foto, porque esse era apenas um carneiro, enquanto o outro era o seu carneiro.

Naquele momento, entendi por que, quando viajo, não levo fotos de meus entes queridos: é porque a imagem que levo deles em meu coração é muito mais vívida.

Parei de falar, porque quando olhei para meu jovem companheiro, vi que seus olhos estavam cheios de lágrimas, como se há muito tempo ele estivesse com vontade de chorar.

— Muito obrigado — disse o Jovem Príncipe.

E ao pousar a cabeça em meu ombro para me dar um abraço, foi adormecendo aos poucos.

"Por que tantas vezes preferimos a pessoa que nos desilude àquela que nos oferece uma ilusão?"

Capítulo X

Algumas horas mais tarde, pouco antes do pôr do sol, chegamos aos arredores de um pequeno vilarejo, onde eu planejara passar a noite. A autoestrada estava tão deserta quanto estivera durante o dia, mas alguns vestígios da presença humana já podiam ser vislumbrados: choupos-brancos que protegiam algumas hortas contra o vento, um aglomerado de cabanas isoladas e cercas de arame farpado para guardar não sei quantos carneiros.

Ao contrário dos crepúsculos no asteroide do Jovem Príncipe, os crepúsculos na Patagônia são longos e tranquilos. Metade do céu se tinge com um amplo espectro de tons róseos, lilases e violeta. Naquela noite, o pôr do sol estava tão bonito que acordei o Jovem Príncipe para que ele pudesse assistir.

— Olhe quanta beleza! — disse eu, apontando para o horizonte.

Por um segundo, desviei meus olhos da estrada.

— Cuidado! — gritou ele, mas foi tarde demais.

Ouvi uma batida seca contra o para-choque e o carro deu um solavanco. Quando pisei no freio, pude ver pelo espelho retrovisor um animal branco estendido na estrada, possivelmente um pequeno carneiro. Quando paramos, fui até a frente do carro para avaliar o prejuízo. O Jovem Príncipe olhou para mim como se não entendesse o que eu estava fazendo e caminhou na direção oposta. Supondo que ele pretendia ajudar o animal atingido, eu disse:

— Não adianta nem tentar. Depois de um impacto desses, ele já deve estar morto. Não há nada que se possa fazer.

Mas enquanto corria em direção ao amontoado branco, ele gritou:

— Hoje você me ensinou que sempre podemos fazer alguma coisa, mesmo quando nem mesmo nós acreditamos.

Enquanto eu verificava que o único dano aparente era um amassado no para-choque, suas palavras reverberavam em meus ouvidos. O Jovem Príncipe me fez pensar, pelo menos por um momento, que meu coração era mais duro que o para-choque de metal que, embora frio, tivera a misericórdia de ceder um pouco.

Sentindo-me um tanto culpado após a repreensão do jovem, aproximei-me dele. Enquanto caminhava em sua direção, pude ver que ele colocara no colo a cabeça de um enorme cão branco, que abraçava e afagava. Era uma cena de grande ternura, apesar dos tremores do animal moribundo.

Levantei os olhos e vi um homem corpulento sair de uma cabana nas proximidades e caminhar em nossa direção, com o rosto sombrio e a postura ameaçadora; provavelmente, era o dono do cão. Para evitar uma discussão inútil, achei que o mais prudente seria bater em retirada. Disse então a meu jovem amigo que era melhor irmos andando. Mas ele não se mexeu; continuou a afagar o aterrorizado animal, que obviamente agonizava. O homem se aproximou de nós, com um olhar furioso estampado no rosto. Percebendo o perigo em potencial, concluí que seria melhor lhe oferecer algum tipo de compensação. Quando ele chegou ao nosso lado, tirei a carteira do bolso, murmurando algumas palavras de desculpa. Mas, com um gesto de desagrado, ele sinalizou que eu não deveria me mover. Durante alguns penosos minutos, permanecemos em silêncio. Até hoje, depois de tanto tempo, a imagem daquele cão permanece gravada em minha memória. Meu amigo tinha razão. Sim, é claro que podíamos fazer alguma coisa, e como fez diferença! Enquanto o Jovem Príncipe fitava amorosamente seus olhos, o grande animal branco começou a perder o medo, pois já não se sentia só. Tive a sensação de que o homem de aparência rústica também percebeu a mudança. Em seus últimos momentos, o cão olhou para nós, como que agradecendo. Fechou então o olho esquerdo, depois o direito. Finalmente estremeceu, apenas uma vez, e ficou imóvel.

O Jovem Príncipe continuou a acarinhá-lo por mais alguns minutos. Quando ficou claro que a vida do animal se esvaíra totalmente, ele olhou pela primeira vez para o homem, com os olhos cheios de lágrimas. Com inesperada ternura, o homem deu umas palmadinhas em sua cabeça dourada. Depois o afastou gentilmente e ergueu o cachorro morto.

— Venha comigo — disse, começando a caminhar de volta para a cabana.

Quando fiz menção de segui-lo, ele me deteve.

— Não, você não. Só o garoto.

Então, como que para me tranquilizar, acrescentou:

— Não se preocupe. Nós vamos tratar de coisas que não têm preço.

Capítulo XI

É impossível descrever as emoções que me assaltavam. Eu me sentia ultrajado, pois minha reação fora a habitual numa sociedade como a nossa, insensível a tais ocorrências. E mais: a maioria das pessoas, em nossa sociedade, nem mesmo teria parado. Eu também estava preocupado com o que poderia acontecer ao garoto, como se deixá-lo acompanhar outro ser humano fosse mais perigoso que deixá-lo no campo onde o encontrara. Percebi como agimos sob a influência do medo e da desconfiança, em vez de nos deixarmos guiar pelo amor que tantas vezes reprimimos. Nós, humanos, estamos condenados a viver ligados uns aos outros — ou abençoados por conta disso. Enquanto uma única pessoa estiver sofrendo, ninguém será totalmente feliz. Nada no mundo nos é estranho, nem a dor, nem a alegria, pois o mundo continua a ser um lugar de sofrimento, mesmo quando o prazer existe — e não deixa de ser prazeroso mesmo quando há dor. Quanto mais vivenciamos o sofrimento, mais apreciamos a felicidade. Eis por que não devemos sufocar os sentimentos de nosso coração: não devemos nunca viver como estranhos uns para os outros!

Enquanto a tarde majestosamente se transformava em trevas, um novo alvorecer despontou em meu coração. De repente, vi o Jovem Príncipe retornando sozinho. Parecia trazer uma coisa no colo. Quando chegou mais perto, vi que carregava um lindo filhote branco. Não consegui acreditar em meus olhos. O homem de quem nós acabáramos de tirar um companheiro amado nos deu uma nova vida de presente.

Foi um milagre do amor, e a primeira lição que o Jovem Príncipe me ensinou. Eu partilhara minha experiência com ele; e ele, como um verdadeiro professor, ofereceu-me em troca a sabedoria do silêncio. Jamais, como naquela ocasião, eu percebera tão claramente que cem manuais sobre o amor não valem um único beijo, nem cem discursos sobre o amor, um único gesto amoroso.

— É um filhote de *kuvasz* — disse o Jovem Príncipe. — Você sabia? Eles vêm do Tibete, mas hoje já são encontrados em alguns lugares da Europa. O homem acha que eu posso cuidar bem dele — explicou, sem parar de olhar e afagar seu novo amigo. — Vou lhe dar o nome de Asas, em homenagem ao meu amigo piloto, e porque ele é branco e macio como uma nuvem.

Sua voz adquirira uma doçura que antes não tinha. Confortados, fomos para o pequeno hotel onde passaríamos a noite. A partir daquele momento, com impressionante presteza, o Jovem Príncipe recuperou sua alegria natural.

Após o jantar, tivemos permissão para levar Asas para o nosso quarto. O filhote só se acalmou quando meu jovem amigo o levou para a cama e pousou sua cabeça ao lado da dele. Ambos logo adormeceram. Um leve sorriso surgiu nos lábios do Jovem Príncipe. E eu sabia que agora, quando ele vagueasse em seus sonhos, Asas estaria junto a ele.

"Cem manuais sobre o amor não valem um único beijo, nem cem discursos sobre o amor, um único gesto amoroso."

Capítulo XII

Na manhã seguinte partimos cedo, impressionados com a imensidão que se abria diante de nós. Apesar da secura, a paisagem tinha seus encantos, talvez porque levássemos conosco o desejo de admirá-la. Distraidamente, o Jovem Príncipe afagava Asas, que se aninhara em seu colo. Eu podia perceber que alguma coisa o preocupava, mas respeitei seu silêncio. Depois de algum tempo, ele disse:

— Eu não quero ser uma pessoa séria.

— Que ótimo — respondi.

— Mas eu vou crescer — continuou ele.

— Sim, certamente — concordei.

— Nesse caso, como posso crescer sem me tornar uma pessoa séria? — perguntou, revelando o que o preocupava.

— Boa pergunta — disse eu. — Tão boa na verdade que nunca encontrei uma resposta adequada para ela. Quando somos jovens, saímos pelo mundo, um mundo muito diferente daquele onde vivíamos com nossos pais — pelo menos para os felizardos entre nós que ouviram contos de fadas e histórias de príncipes e castelos encantados. Então, começamos a encontrar egoísmo, incompreensão, agressividade e falsidade. Tentamos nos defender e preservar nossa inocência, mas a injustiça, a violência, a superficialidade e a falta de amor continuam a nos assombrar. E nosso espírito, em vez de espalhar luz e felicidade ao redor, começa a se recolher e se ocultar no fundo de nós. E chega o momento em que o mundo com o qual sonhamos em nossa juventude começa a tremer diante do avanço implacável da realidade. Existem aqueles que, neste ponto, descartam seu tesouro de sonhos e ancoram suas vidas na segurança ilusória do pensamento racional. Viram indivíduos sérios, que adoram números e rotinas, que, por sua vez, lhes dão uma aparente segurança. Entretanto, como a segurança nunca é abrangente, eles jamais conseguem ser felizes. Então começam a acumular posses, mas sempre há algo faltando. Possuir coisas não os torna felizes, pois os afasta da simples existência. Eles valorizam os meios e não os fins.

— Então por que, se isso não faz com que sejam felizes, os adultos dedicam a maior parte do tempo a obter mais coisas? — perguntou o Jovem Príncipe sensatamente.

— Pensar que a felicidade depende de se possuir alguma coisa é uma autoilusão reconfortante. Como depende de ter, não de ser, buscamos algo que está fora de nós. Assim, não precisamos olhar para nosso interior. De acordo com essa forma de raciocínio, podemos ser felizes sem mudarmos nossa maneira de ser. Basta obter isto e aquilo.

— Mas as pessoas não se dão conta dessa ilusão? — perguntou o Jovem Príncipe, achando difícil acreditar que a humanidade pudesse ser tão cega.

— O que acontece, meu jovem amigo, é que nossa sociedade multiplicou tremendamente a quantidade de coisas que podem ser adquiridas. E enquanto não obtêm até a última delas, as pessoas não percebem que tomaram o caminho errado. Elas se agarram a qualquer possibilidade, por menor que seja, contanto que isso signifique não ter de mudar. O problema é que, quando conseguem adquirir a última coisa, já perderam a primeira. São como aqueles mágicos que põem vinte piões para girar ao mesmo tempo, sem deixar nenhum parar. Mas os mágicos só têm vinte! Além disso, quando os indivíduos adquirem alguma coisa, logo querem mais uma. Aquela que pensavam que seria a última já não é a última. Então, passam o resto da vida nessa busca infrutífera, pulando de uma coisa para outra, como se fossem pedras no fundo de um rio que eles jamais conseguirão atravessar. Aqueles que buscam posses geralmente estão atrelados ao futuro. Nunca aproveitam o presente, pois toda a sua atenção está focada em uma coisa que deve acontecer em seguida.

— O que eles deveriam fazer? — perguntou meu jovem amigo, acariciando Asas.

— Apenas mergulhar na realidade da existência e se deixar levar pela corrente. Devem se concentrar em viver, sentir e amar cada momento, sem ficarem tão obcecados com o objetivo final da viagem. Afinal de contas, o sentido da existência é exatamente sentir. Quando os obstáculos se apresentam, suas formas podem ser adaptadas para outras formas, permitindo que as pessoas reafirmem sua essência e sigam seu caminho, assim como um rio modifica a forma de seu leito enquanto segue seu curso. O mais importante é estar plenamente vivo, com os sentidos receptivos e com capacidade para amar, aproveitar a vida e criar, aqui e agora, sem ficar atrelado ao passado nem ao futuro.

— Então devemos renunciar às nossas lembranças? — atalhou o Jovem Príncipe, pois as lembranças da flor e de seu amigo ainda eram importantes para ele.

— Não, pelo contrário. As lembranças agradáveis e as experiências gratificantes podem reconfortar você em momentos de solidão e dificuldade. O que você deve evitar é se apegar a esse passado seguro e se prender a ele, negando a si mesmo a experiência do presente. O passado é certo, porque está encerrado, morto. Mesmo assim, existem aqueles que preferem a calma e a segurança da morte às incertezas da vida, com suas possibilidades alternadas de sofrimento e alegria.

Após alguns momentos, acrescentei:

— Outro modo de fazer as lembranças conspirarem contra sua felicidade presente é querer sentir a mesma coisa de novo. Isso nunca irá acontecer. Assim como a água de um rio nunca é a mesma, as situações da vida nunca se repetem. Mas é incrível como tantas pessoas caem na armadilha de tentar reviver as mesmas experiências. Essa atitude as impede de aproveitar as experiências novas, tão ou mais agradáveis que as passadas. Nisso, lembram os animais que retornam ao lugar onde encontraram alimento antes até morrerem de fome, simplesmente porque não querem procurar um pouco mais.

Permanecemos em silêncio por um bom tempo, mergulhados em nossos pensamentos. Um dos méritos menos valorizados de uma paisagem é que ela sempre mantém uma respeitosa distância. Quando o Jovem Príncipe falou, suas palavras me surpreenderam.

— Obrigado — disse ele.

— Por que você está me agradecendo? — perguntei.

— Porque você me salvou da infelicidade.

— Como assim? — indaguei.

— Bem, eu estive pensando sobre o que você falou e descobri que havia um pensamento enraizado em minha mente. Era o seguinte: eu nunca seria realmente feliz se não encontrasse um amigo como o meu piloto perdido. Esse pensamento contém os três obstáculos que você mencionou antes. Primeiro, a necessidade de "alguém como ele", que me faria ignorar outras pessoas, diferentes, mas também dignas e interessantes. Segundo, a questão da "segurança", pois eu nunca vou poder estar absolutamente certo de que encontrei alguém como ele. E terceiro, a "busca", que faz com que eu me concentre em encontrar alguém que conheço, um acontecimento futuro, sem dar valor às pessoas que estão ao meu lado.

— Estou vendo que você me entendeu perfeitamente — disse eu, com o orgulho que os professores sentem diante de um aluno fora de série.

— Não custa nada prestar atenção — disse o Jovem Príncipe.

— Não, não custa prestar atenção — repeti, e ambos sorrimos.

Silenciosamente, notei algo na expressão dele que ainda o ligava à tristeza em seu passado, mas decidi esperar para descobrir o que era.

Enquanto o carro avançava alegremente pela rodovia, como se esta fosse um longo riacho petrificado, senti que minha ansiedade para chegar estava desaparecendo e que eu estava começando a saborear cada momento da jornada.

Capítulo XIII

Como já era quase hora do almoço, e também receando que Asas pudesse deixar uma principesca surpresa na capa do meu amigo, decidi parar em uma churrascaria que surgiu de repente à direita da estrada. Já havia dois automóveis em seu estacionamento. Ao entrarmos, olhei para uma mesa à qual uma família almoçava e vi cinco crianças de olhos arregalados, estarrecidas com a roupa do Jovem Príncipe. Imediatamente, escolhi uma mesa na extremidade oposta, mas era impossível conter o alvoroço. Era como se um dos Reis Magos tivesse acabado de entrar, sem o camelo.

Perturbado com a reação das crianças, meu amigo sentou-se de costas para os comentários e dedos apontados. A tentativa do pai para acalmar as crianças, sacudindo uma coxa de frango, não se mostrou muito eficaz, já que ele também tentava desvendar o mistério de nossa colorida presença. De costas para nós, a mãe continuou a comer, sem demonstrar o menor interesse, como se uma surdez seletiva lhe permitisse ignorar o tumulto das crianças. Minha conversa durante o almoço teve o propósito de fortalecer a autoestima do meu amigo, um tanto afetada pela reação a algo tão longe de seus pensamentos como sua roupa. Falei sobre a importância das diferenças e das mudanças que se processam na uniformidade, o único modo de fazer qualquer grupo evoluir.

— Se as flores não pudessem ser distinguidas por seu perfume, suas formas e suas cores, nós nunca pararíamos para admirar uma delas em particular. A diferença — acrescentei — é a primeira coisa que nos atrai. E quando olhamos para determinada flor, nós a tornamos única.

Em minha mente, lamentei que as coisas que nos atraem e complementam sejam às vezes usadas para nos separar e antagonizar. Enquanto atacávamos o suculento bife com fritas e salada, contei ao Jovem Príncipe que muitos dos maiores gênios da humanidade foram marginalizados por seus conterrâneos, pois sem eles nada teria mudado. Critiquei a mediocridade daqueles que, em vez de permitir que uma fagulha criativa se transforme em fogueira, correm para apagá-la, como se fossem uma equipe de bombeiros.

— Meu caro amigo — disse eu, pousando a mão em seu ombro, você deve perdoar o fato de que a primeira reação das pessoas é julgar alguém por seu aspecto externo. Mas se tiver confiança em si mesmo e nos valores em que acredita, elas acabarão aceitando você, nem que seja para contar aos amigos que encontraram alguém muito original.

Recostando-me na cadeira, acrescentei:

— É claro que há um método mais rápido de conhecer pessoas...

— E qual seria esse método? — perguntou o Jovem Príncipe, mostrando um pouco mais de animação.

— Fazer exatamente o contrário. Em vez de atrair a atenção delas para seu aspecto externo, para depois tentar fazer com que elas conheçam o que há por dentro, você pode tentar se misturar a elas, imitar a aparência delas, para depois se destacar por seus próprios valores, como alguém único e especial — expliquei.

— O que você faria? — perguntou o Jovem Príncipe, colocando-me na berlinda.

Pensei por alguns instantes e respondi:

— No primeiro caso, as pessoas se aproximam de você, ou mantêm distância, assumindo atitudes positivas ou negativas a seu respeito com base apenas na aparência, sem o conhecer. A seu favor, você tem a vantagem de ter atraído a atenção de muita gente; e contra você, a desvantagem de que algumas delas o rejeitarão para sempre. No segundo caso, pelo contrário, você não atrairá muita atenção, e várias pessoas nem notarão sua existência. Se eu tivesse de escolher, acho que iria ficar com a segunda opção. Pode ser mais lenta e tranquila, porém é mais profunda. De qualquer forma, é importante não deixar de ser você mesmo para se amoldar ao gosto dos outros.

— Você não se preocupa com a hipótese de que sua mensagem se perca, e que muita gente nem sequer saiba que você veio ao mundo? — perguntou o Jovem Príncipe.

Presumi que ele estivesse tentando disfarçar o medo de jamais encontrar a pessoa especial que estava procurando. Lembro-me de ter respondido que só acredito na grandeza de alguém se este indivíduo for considerado grande por aqueles que o conhecem na intimidade; pois se você de fato conseguir transmitir alguma coisa importante, mesmo que seja para um pequeno grupo de pessoas ao redor, pode ter certeza de que sua luz iluminará as regiões mais sombrias, assim como a luz de uma estrela distante atravessa milhares de anos de escuridão até nos alcançar.

— Tenho certeza de que sempre encontraremos a pessoa para quem estamos destinados — disse eu enfaticamente. — Cabe a nós estarmos preparados para distingui-la das outras.

Foi assim que o Jovem Príncipe trocou de roupa. Quando saímos da pequena loja ao lado da churrascaria, ele estava usando jeans, camiseta, tênis e um boné virado para trás, sob o qual despontavam algumas mechas de cabelos dourados. Ninguém seria capaz de distingui-lo de centenas de milhares de outros garotos da mesma idade.

— Afinal de contas, você nasce príncipe — disse eu com um sorriso, para que ele se sentisse especial em sua primeira incursão em nosso mundo de maravilhas e misérias.

Mas ele respondeu:

— Meu reino agora só existe dentro de mim — e se afastou correndo, chutando uma bola que escapara ao controle de alguns garotos que brincavam na rua, perseguido por Asas, que tentava morder seus calcanhares.

Neste ponto, caro leitor, devo pedir a você e aos amigos do Pequeno Príncipe que por favor perdoem minha intervenção, pois de agora em diante será impossível reconhecê-lo à primeira vista. Mas quem mantiver os olhos de seu coração completamente abertos não terá dificuldade em reconhecê-lo.

“Você deve perdoar o fato de que a primeira reação das pessoas é julgar alguém por seu aspecto externo.”

Capítulo XIV

Assim que voltamos à estrada, o Jovem Príncipe se virou para mim e disse:

— Por favor, me diga como a gente faz para não se tornar uma pessoa séria.

Parecia que a ideia de sofrer esse tipo de transformação o estava deixando bastante preocupado.

— Eu tinha começado a falar — disse eu — sobre como algumas pessoas renunciam a seus sonhos e ideais e se concentram em obter posses e segurança. Às vezes a luta pelo sucesso e reconhecimento é deixada para o futuro, pois essas pessoas não têm coragem de ser elas mesmas, nem de enfrentar críticas por serem quem realmente são e seguirem sua verdadeira vocação. Outras vezes, você encontra indivíduos obcecados por disciplina, que procuram manipular e ordenar a realidade de acordo com sua própria posição. Eles julgam e classificam pessoas e coisas ao seu redor, colocando cada uma delas em um determinado escaninho físico e mental, de tal forma que elas não podem se movimentar. Assim, eles paralisam a ilimitada capacidade transformadora do universo e do amor humano. Se os pais se esforçassem para ensinar o amor a seus filhos como se esforçam para lhes incutir disciplina, este planeta seria um lugar muito mais agradável para se viver.

— Você está dizendo que disciplina em excesso não é bom? — perguntou o Jovem Príncipe.

— O que nós, humanos, normalmente entendemos como disciplina é impor nosso senso inferior de ordem sobre a ordem da natureza, que é divina e portanto superior. Os seres humanos precisam ter cuidado ao ordenar a natureza para seu próprio benefício, pois os resultados são muitas vezes o contrário do que pretendem: uma desordem natural se volta contra eles. A poluição do planeta, a extinção de espécies vegetais e animais, o desperdício de recursos naturais e tantas outras ocorrências são exemplos negativos da ordem e da disciplina humanas.

— Entendo o que você está dizendo. — O Jovem Príncipe balançou a cabeça pensativamente. — Em minha viagem anterior, encontrei um homem que achava que podia comandar as estrelas. Ele passava os dias contando e somando estrelas. Depois anotava o resultado e guardava o papel numa gaveta. Fazendo isso, ele acreditava que possuía as estrelas.

— Percebi que você já reparou como os números agradam os indivíduos sérios. Eles não ficam satisfeitos até saberem a altura exata de uma montanha, o número de vítimas em um acidente, ou quanto você ganha por ano, para mencionar só alguns exemplos.

— Eu ouvi dizer que, neste planeta, as próprias pessoas são ordenadas por números — disse o Jovem Príncipe, apreensivo.

Sua observação me fez pensar nos números dos passaportes, das carteiras de identidade, dos telefones, dos cartões de crédito...

— É verdade. Somos tantos na Terra que parece não haver outra forma de nos identificarem. Nomes não bastam — acrescentei tristemente.

— Me mostre onde você leva os números — pediu o Jovem Príncipe com curiosidade, achando que eu os tinha em alguma parte do corpo.

— Não, os números não são tatuados em nós — disse eu com um sorriso, entregando-lhe alguns dos documentos que tinha na carteira.

Minha expressão mudou quando me lembrei de alguns casos em que tal aberração havia ocorrido, casos que eu não saberia explicar a ele.

— Talvez num futuro próximo — disse eu, pensando em voz alta — algum código genético venha a ser a única identificação para o nosso corpo. Peço a Deus que o resultado não seja a restrição da nossa liberdade espiritual.

— Como assim? — perguntou o Jovem Príncipe, percebendo a preocupação em minha voz.

— Quero dizer que, desde que concebeu a matéria e o início da vida, Deus parece ter imaginado os seres humanos como o último passo na evolução da natureza. Um ser espiritual, com uma centelha de livre-arbítrio, autoconsciência e uma capacidade criativa que às vezes chamamos de alma. É por esse motivo que os seres humanos não podem dar o melhor de si, como seu amor e sua força criativa, se não estiverem livres.

— Deus? O que é Deus? Você O mencionou antes, como se Ele fosse a causa de muita coisa que ocorre aqui e pudesse solucionar muitas delas.

— Quem é Ele? Eu nem sei se devemos perguntar "quem" ou "o que" Ele é.

— Mas você fala dEle...

— Sim, sim — interrompi. — Como poderia não falar dEle...

Respirei profundamente, deixando passar alguns minutos, enquanto o Jovem Príncipe me olhava perplexo.

— Se eu soubesse quem é Deus — prossegui —, eu saberia tudo. Já disseram que Ele é o que é, é seu próprio início e fim. Portanto, é o início e o fim de tudo o que existe. Outros O imaginam como um contínuo renascimento, uma infinita sucessão de causas e efeitos. Há aqueles que O definem conforme suas próprias noções de perfeição, como a máxima bondade ou a máxima beleza; outros se referem a Ele como a Palavra, o Criador, a Verdade ou a Sabedoria Suprema.

— Está parecendo — observou o Jovem Príncipe — que o que as pessoas ignoram sobre Deus é mais que o que elas sabem sobre ele...

— Eu também penso assim, pois nossa limitada inteligência humana não consegue abarcar a noção de infinito. O que me deixa envergonhado é que ainda hoje os seres humanos, em sua ignorância, continuam a matar uns aos outros por causa das diferenças entre suas respostas. — O Jovem Príncipe parecia aturdido, portanto o tranquilizei com um sorriso. — Eu não sou primitivo assim!

— E existem outros motivos para que as pessoas se matem entre si? — perguntou ele, querendo saber o que deveria esperar de nosso intolerante e violento planeta.

— Sim, muitos, mas nenhum deles provoca ódios tão exacerbados quanto o medo de que a ideia de alguém sobre a divindade seja questionada. Mas eu acho que, ultimamente, uma coisa muito pior vem acontecendo: as pessoas já não se perguntam sobre Deus nos espaços silenciosos de suas mentes. É como se elas não quisessem mais saber por que estão vivas.

— E o que você acha? — perguntou o Jovem Príncipe, esperando que eu pudesse lançar alguma luz sobre um assunto que lhe parecia tão obscuro e confuso.

— Eu prefiro sentir Deus como uma necessidade de me unir a outras criaturas vivas, uma energia de amor que sustenta cada um de nós e todo o universo.

Essas palavras pareceram tranquilizar o Jovem Príncipe, e ele permaneceu por algum tempo em silêncio, pensando.

— Eu imagino que os animais também não poderão fazer o melhor que podem, se os trancarmos em uma jaula — disse o Jovem Príncipe, acariciando a cabeça do adormecido Asas, talvez se lembrando de seu carneiro fechado em uma caixa.

— Existem aqueles que trancam seus filhos ou outras pessoas em jaulas com grades feitas de exigências, expectativas e temores — disse eu —, sem entender que tudo o que é imposto como obrigação necessariamente provoca resistência. A disciplina humana, quando leva ao imobilismo e à falta de espontaneidade, vai de encontro à renovação que é o traço distintivo da vida. Afinal, nada é mais organizado e seguro que um cemitério.

— Então a ordem não é necessária? — perguntou o Jovem Príncipe, ainda confuso com o assunto.

— Há uma ordem externa da qual precisamos para nos sentir confortáveis e cuja intensidade varia segundo cada um de nós. Mas a ordem mais importante é a do espírito, que precisa estar orientada para Deus, já que viemos dele e iremos ao encontro dele. Não se trata de uma ordem sedentária, mas de uma constante evolução de nosso ser espiritual.

— Como você sabe tanto? — inquiriu o Jovem Príncipe, surpreso com minha capacidade para encontrar respostas para suas perguntas.

— Através da minha experiência e intuição — respondi.

— E como você sabe que está certo?

— Através da minha experiência e intuição — repeti.

— E você nunca se engana? — perguntou o Jovem Príncipe, admirado.

— Claro que cometo erros, mas acrescento os erros ao meu estoque de experiências. Veja bem, eu não posso dizer que aquilo em que acredito é a verdade absoluta; só posso dizer que é um pouco de sabedoria que me tem sido útil na vida. Você deveria fazer a mesma coisa. Não acredite em nada do que eu digo. Apenas preste atenção e veja se funciona para você.

— E onde eu encontro essa experiência? — quis saber o Jovem Príncipe.

— Na vida — respondi. — Minha experiência é todo o tempo que eu tive para cometer erros e minha capacidade para superá-los. Se você for inteligente, poderá incorporar os erros cometidos pelos outros à sua experiência, sem precisar repeti-los. Livros, professores e as histórias de outras pessoas podem lhe dar algumas pistas, mas no final você mesmo é que terá de decidir o que deve assimilar.

Vi em seus olhos que tudo isso parecia um tanto vago para ele. Os jovens, sem dúvida, aprendem mais com nossos exemplos que com nossas conversas.

Nesse momento, a estrada começou a ladear um rio que corria no fundo de um cânion. De ambos os lados, as encostas dos Andes exibiam formações rochosas estranhas e irregulares. Uma delas, em particular, atraiu nossa atenção. Era uma rocha alongada que se projetava da crista de uma colina. Um sinal ao lado da estrada informava seu nome: "Dedo de Deus".

Sorri ao pensar em como alguém havia se apressado a dar um nome sagrado à rocha, antes que os habitantes locais encontrassem outras semelhanças.

Quanto a mim, eu achava mais fácil imaginar, como Michelangelo, que o dedo de Deus se estendia em direção ao homem.

Então me veio à mente o exemplo de que precisava para me explicar melhor.

— A experiência — disse eu, atraindo a atenção de meu amigo — é como um mapa. Infelizmente é um mapa incompleto no que diz respeito ao futuro. É por isso que, todos os dias, temos de confirmar as suposições que se mostraram certas e descartar as que se mostraram erradas.

— E a intuição? — perguntou o Jovem Príncipe, implacável, deixando claro que, naquele carro, ninguém iria me elogiar pela eficiência de meus exemplos.

— A intuição é a primeira percepção que você tem de alguém ou de alguma coisa. Geralmente está certa. Infelizmente, nossa sociedade supervaloriza o conhecimento obtido por dedução racional, que é mais lento e difícil de ser aplicado aos assuntos humanos, apesar de ser útil na ciência. O conhecimento intuitivo, ao contrário, é instantâneo e abrangente.

— Acho que minha flor era intuitiva — observou o Jovem Príncipe —, pois ela sabia o que eu ia falar antes que eu falasse. Talvez seja por isso que às vezes os seres humanos e as flores não se entendem.

"Os seres humanos não podem dar o melhor de si, como seu amor e sua força criativa, se não estiverem livres."

Capítulo XV

Eu estava totalmente mergulhado no prazer de dirigir pela estrada sinuosa, que acompanhava a margem de um grande lago, em meio a florestas de pinheiros. A cada mudança de marcha, o ronco do motor reverberava em minha coluna. Nesse momento tão especial, a súbita pergunta do garoto caiu sobre mim como uma nevasca na primavera.

— Você estava me falando sobre pessoas sérias — disse ele. — O que mais você sabe sobre elas?

— Algumas coisas — murmurei, resignado pelo fato de que seria impossível lhe explicar que ele interrompera uma incomparável sinfonia mecânica. — Afinal de contas, eu mesmo corri o risco de me tornar um distinto membro dessa espécie.

— O que o impediu? — perguntou o Jovem Príncipe, indo como sempre ao âmago da questão.

— Quando observei as pessoas sérias ao meu redor, todas respeitáveis e bem-sucedidas, percebi que nenhuma delas era verdadeiramente feliz.

— Você está querendo dizer que ordem e disciplina fizeram com que elas ficassem infelizes? — perguntou o Jovem Príncipe, espantado.

— Não — respondi. — Mas acontece que, em muitos casos, os indivíduos que amam a ordem detestam surpresas e tudo o que está fora do seu controle. Mas quanto maior é o controle que eles exercem, menor é o prazer que têm. Eles gostam de viver em um mundo que gira em uma órbita exata e previsível, um mundo sem magia e sem deslumbramento. Qualquer mudança faz com que fiquem irritados ou preocupados. Como nossa realidade é mutante, eles têm muitas oportunidades para isso.

— Você me lembra de um acendedor de lampiões que não conseguia sair de sua rotina — disse o Jovem Príncipe. — Quando o planeta dele começou a girar com mais velocidade, o trabalho dele se tornou infernal.

— Bem — prossegui —, esses indivíduos passam pela vida com um estilo tão glamoroso e sucinto quanto seus obituários, mesmo quando colecionam numerosas medalhas e diplomas. Ninguém se atreve a acrescentar uma nota de rodapé dizendo: "Apesar de tudo isso, eles não foram felizes." Os céus escrevem o epitáfio que eles merecem em um meteorito passageiro.

— Ninguém deveria se sentir orgulhoso de ser uma chama passageira — observou o Jovem Príncipe.

— Não, ninguém deveria se sentir orgulhoso disso — concordei. E acrescentei: — Essas pessoas são como uma pequena fagulha que se extingue rapidamente, como um vaga-lume no abismo do tempo.

Continuei meu raciocínio:

— E há outros indivíduos que, diante da realidade e sem querer renunciar a seus ideais (como as pessoas sérias), tentam protegê-los com tanta veemência que constroem um muro ao redor deles. Isso só serve para sufocar seu espírito. Às vezes o muro fica tão perfeito que eles não conseguem encontrar uma brecha para entrar. Então, ficam do lado de fora, como marionetes sem um manipulador, como fantasmas que não sabem quem são, nem de onde vieram e nem para onde vão. O mundo deles flutua sem destino e, à medida que o tempo passa, se torna frio como um cometa.

— Eu não gostaria de ser um cometa — comentou o Jovem Príncipe. Depois perguntou: — O que é fantasma?

— Fantasma é uma imagem sem conteúdo, uma sombra, uma aparência sem substância. Há quem pense que fantasmas não existem. Eu, ao contrário, penso que existem e que há muitos deles onde quer que eu vá. Para mim, os fantasmas são pessoas que não têm coração.

— Eu também não gostaria de ser um fantasma — refletiu o Jovem Príncipe, cada vez mais consciente dos problemas de se tornar adulto.

— Nesse caso, você não deve trair seus desejos, nem os trancar dentro de você, deixando que eles morram de privação. Aprenda a combinar o que é real com o que deseja. Dê o melhor de si em tudo o que fizer, para que o resultado reflita seu espírito. E dê o melhor de si a todas as pessoas, para que elas retribuam com muito mais do que você deu. A única maneira de manter um sorriso no rosto é continuar sorrindo, e a única maneira de preservar o amor é dando amor. Chega um momento em que você se encontra entre um mundo egocêntrico, o mundo da criança, e o mundo receptivo aos outros, o mundo da maturidade. Nesse momento, você deve se livrar de seus caprichos, suas regras estritas e seu egoísmo, para defender seus princípios mais nobres. Ame a si mesmo e será capaz de amar os outros. Ame seus sonhos, e você criará para eles um mundo cordial e maravilhoso, cheio de sorrisos e abraços. Este será o mundo onde você desejará viver, e esse mundo irá girar em uma órbita multicolorida. Se você de fato acreditar nele, se o construir aos poucos com gestos cotidianos, esse mundo se tornará possível para você. Será a recompensa pelo seu mérito, pois eu nunca vi ninguém desfrutar plenamente uma felicidade não merecida. Só as pessoas que amam de verdade são estrelas, e a luz delas continua a brilhar sobre nós muito tempo depois que elas se foram.

Percebi muita emoção e fervor em sua voz quando ele disse:

— Quando eu morrer, quero ser uma estrela. Me ensine a viver para me transformar em estrela.

Abraçando seu cachorro, ele recostou a cabeça no vidro da janela.

— Não posso lhe ensinar nenhuma fórmula específica — respondi gentilmente. — Não sou professor de estrelas. Tudo o que eu posso fazer é lhe ensinar as poucas coisas que aprendi na vida, meu punhado de verdades que, como todas as verdades, só podem ser transmitidas por meio do amor. Mas você, como todos nós, carrega dentro de si a capacidade para amar. Se for paciente o bastante, vai encontrar a resposta.

Mas ele já não estava me ouvindo. Talvez tivesse descoberto que na terra dos sonhos todo mundo é príncipe e todo mundo é estrela.

Capítulo XVI

Naquela noite, dormimos em uma bela pousada às margens de um lago, cercada por um grande bosque. Fora construída em madeira e pedra, e tinha recantos agradáveis, com lareiras acesas. Todos os quartos eram decorados com papel de parede, cujos temas e cores combinavam com o nome de cada um. O nosso recebera o nome de "A Pastagem": suas paredes exibiam imagens de ervas e flores, de um verde suave. Em função dos regulamentos da pousada, Asas dormiu sozinho naquela noite, em um pequeno, mas aconchegante cubículo. Eu sabia que não seria fácil, para meu amigo, separar-se física e emocionalmente do cachorro, mesmo que só por uma noite.

Quando fomos jantar, não fiquei surpreso ao encontrar a mesma família barulhenta que encontráramos no almoço, pois as possibilidades de alimentação e hospedagem não eram muitas naquela área. Nossa entrada, é claro, provocou o mesmo burburinho de antes, provando a verdade do ditado: "Faça o que fizer, você nunca irá agradar a todo mundo." Ao longo da refeição, entretanto, provavelmente devido à fadiga tanto das crianças quanto dos adultos, a atmosfera na mesa deles foi se tornando tão desagradável que começamos a nos sentir incomodados com a manifesta agressividade e violência mal contida. A criança mais nova chorava desconsoladamente. Outra recebera a punição de não participar da refeição; uma terceira estava sendo obrigada a terminar um prato de peixe, do qual obviamente não tinha gostado. As outras duas mantinham os olhos em seus pratos, sem se atrever a comentar as punições dos irmãos. Tudo isso perturbou muito meu jovem amigo. Desacostumado a querelas de família, ele não conseguia comer. Foi então que realizou o segundo milagre de nossa jornada. Levantando-se da mesa, foi buscar Asas, que trouxe nos braços como um lindo bebê branco e ofereceu de presente às crianças. Com os olhos faiscantes de alegria, elas estenderam as mãos para acariciar o bichinho. O gesto do Jovem Príncipe e sua atitude foram tão comoventes que os pais não souberam o que dizer. Por fim, decidiram recusar a oferta. Mas quando sorri e assenti com a cabeça, o assunto foi resolvido: no dia seguinte, haveria oito passageiros no carro da família.

A partir desse momento, a felicidade retornou à sala de jantar, e meu jovem amigo conseguiu saborear sua refeição, frequentemente interrompida por acenos e risos das crianças, e pelos latidos deliciados de Asas, que agora tinha cinco donos dispostos a brincar com ele e satisfazer suas necessidades.

— Foi maravilhoso você ter feito isso, ainda mais depois que aqueles garotos caçoaram de você hoje de manhã — disse eu, curioso para saber qual seria a reação dele.

Ele disse:

— Você me fez ver que eu provoquei aquelas crianças com minha aparência incomum. Não é errado as crianças serem espontâneas em suas reações. De qualquer forma, eu já não aguentava mais a tensão e senti vontade de fazer alguma coisa para acabar com aquilo. Asas ficou ao meu lado quando eu mais precisei, me dando felicidade. É bom que ele agora possa alegrar outros corações.

Com essa experiência reconfortante, o segundo dia de nossa jornada chegou ao fim. Uma vez mais, senti que, com um simples gesto, o Jovem Príncipe superara todas as minhas muitas palavras.

Capítulo XVII

Depois de um sono revigorante, acordei um tanto mais tarde que o habitual. Olhei para a cama do Jovem Príncipe, mas ele não estava lá. Ao levantar as cortinas, avistei-o sozinho à beira do lago, tranquilo como suas águas. Os restos de uma neblina estavam sendo derretidos pelos primeiros raios de sol, como algodão doce se desfazendo na boca de uma criança. Toda a paisagem irradiava uma enorme sensação de paz.

Meu jovem amigo e eu tomamos o café da manhã e nos preparamos para reiniciar a viagem. Ao sairmos, notamos que o carro da família barulhenta não estava mais lá.

Durante quinze minutos, percorremos uma estrada poeirenta, sombreada por araucárias, abetos e pinheiros. Ao chegarmos no final do bosque, o Jovem Príncipe exclamou de repente:

— Pare, por favor!

— Que foi?

— Por favor, pare o carro! — repetiu ele, com evidente aflição.

Assim que o fiz, ele desceu do carro e penetrou cerca de vinte metros no bosque, sem dizer nada. "Ah, então é isso", pensei, dando um suspiro de alívio, surpreso com o fato de que necessidades fisiológicas assaltassem meu amigo de forma tão súbita.

Com amargura, entretanto, descobri que não fora isso o que desencadeara sua reação. Ele agora retornava ao carro com Asas nos braços. E ao contrário do primeiro dia, quando carregara o cãozinho com uma fagulha nos olhos, seu rosto demonstrava dor e desapontamento.

Eu não podia entender como alguém podia ter abandonado no bosque uma criatura tão meiga.

Ganindo, tremendo e cheio de medo, Asas lambia desesperadamente as mãos e o rosto do Jovem Príncipe. Sua alegria por nos ver era óbvia.

— Não podem ter sido os meninos — sugeri, tentando descobrir os sentimentos de meu amigo diante de um comportamento tão cruel. — Eu não entendo por que eles não deixaram Asas na pousada para ser devolvido a nós. Algumas palavras de agradecimento ou desculpa bastariam para nos satisfazer — disse eu, enquanto o Jovem Príncipe permanecia em silêncio.

Tantas emoções haviam esgotado as energias do filhote; assim que partimos novamente, ele adormeceu no colo de meu amigo, que continuou a afagá-lo por muito tempo.

Uma vez mais, a estrada deixou o vale e ingressou em uma área inóspita, cuja imensidão desolada era um convite à introspecção.

Nós não ousávamos quebrar o silêncio, como se nenhuma palavra fosse adequada à ocasião. Finalmente, falei:

— Vamos agradecer por Asas estar vivo. Vamos agradecer e seguir em frente.

O Jovem Príncipe permaneceu em silêncio, como se não tivesse me escutado. Seu olhar era melancólico e sombrio. Após um longo momento, ele disse:

— Eu também abandonei uma flor e não consigo me perdoar por ter deixado que ela murchasse. Também me sinto culpado por ter duvidado das boas intenções do meu amigo. Eu culpo a erva daninha por isso, pelo menos em parte.

Então entendi o que estava acorrentando o Jovem Príncipe ao passado e tirando o brilho de seu sorriso.

— Essa é a dificuldade que impede você de seguir em frente — disse eu, totalmente convencido de meu diagnóstico. — Escute, vou lhe contar o segredo da felicidade.

— Você sabe o segredo? — perguntou o Jovem Príncipe, arregalando os olhos, incapaz de acreditar que a resposta que a humanidade procurava havia séculos iria ser revelada a ele ali, naquele momento.

— Bem, acho que sei — disse eu, percebendo que seria mais útil parecer seguro do que fingir modéstia. — Embora eu não tenha desenrolado antigos manuscritos nem entrado no aposento proibido de alguma pirâmide distante, estou convencido de que esta verdade, como todas as grandes verdades, é simples e evidente.

— Por favor, me diga qual é — suplicou o Jovem Príncipe.

— É o seguinte — comecei. — Você só será feliz se amar e perdoar, porque assim será amado e perdoado. Você não pode perdoar sem amar, pois seu perdão nunca irá ultrapassar a medida de seu amor. E, finalmente, é impossível amar e perdoar as outras pessoas sem primeiro amar e perdoar a si mesmo.

— Como alguém pode amar a si mesmo conhecendo as próprias imperfeições? — questionou o Jovem Príncipe.

— Da mesma forma que podemos amar os outros conhecendo as limitações deles. Aqueles que esperam um ente perfeito para amar sofrem desilusões e acabam não amando ninguém. Para amar e perdoar a si mesmo, basta ter o desejo de se tornar alguém melhor e aceitar o fato de que você faz o melhor que pode.

— Como vou saber quem eu realmente amo se não for amado primeiro? — perguntou o Jovem Príncipe com bastante lógica.

— Você sabe que ama realmente quando coloca a felicidade de outra pessoa antes da própria. O verdadeiro amor é livre e incondicional. Não procura satisfazer as necessidades da própria pessoa, mas se concentra no bem-estar alheio.

— Eu ainda acho difícil entender como posso dar esse tipo de amor sem recebê-lo primeiro — insistiu o Jovem Príncipe.

— O que você diz é verdade. Às vezes nós, humanos, temos a graça de receber amor incondicional de nossos pais. Outras vezes, através da meditação, nos conscientizamos de que possuímos uma alma imortal e podemos intuir o amor do Criador. Há aqueles que, depois de ler os Evangelhos, sentem que Jesus amou todos os seres humanos com perfeição absoluta, oferecendo a própria vida para nos libertar do medo da morte, ensinando que somos seres espirituais passando por uma experiência humana. Outros descobrem, por meio das palavras dos mestres iluminados, sua absoluta compaixão por todas as criaturas vivas. Se procurar por isso com sinceridade, você encontrará uma razão para amar a si mesmo e descobrirá que é um ser único e maravilhoso.

Falei com grande convicção, pondo toda a minha energia nas palavras, sabendo que não há conquista mais difícil, e ao mesmo tempo mais sublime, que a cura de um coração ferido. O Jovem Príncipe me escutou com profundo e respeitoso silêncio.

— Devemos aprender com as crianças — prossegui. — Elas são rápidas em perdoar. Caso contrário, a vida seria uma sucessão de ódio e vingança infindáveis. Mas, de qualquer forma, de que você está se culpando? De duvidar? Até os santos duvidam. Aceite seus erros e acredite na misericórdia de Deus, porque Ele já perdoou você. Se duvidar da existência de Deus, pergunte a si mesmo o que pode ganhar não perdoando a si mesmo. Além disso, você já seguiu sua voz interior, procurando seu amigo piloto para lhe perguntar por que ele lhe deu uma caixa na qual não cabe um carneiro.

O Jovem Príncipe continuou em silêncio, de olhos semicerrados. E até parou de acarinhar Asas.

— Não acho que você deva julgar a si mesmo tão severamente por ter se esquecido de cuidar da sua flor. As flores murcham no final do verão e retornam na primavera. Pode ser que ela tenha sutilmente se afastado para que você não visse suas pétalas murcharem e caírem.

Pude sentir a intensidade da atenção do Jovem Príncipe. Era como se sua vida dependesse de cada palavra minha.

— Você abandonou seu pequeno mundo, é verdade, mas só para explorar um mundo maior. Saiba que qualquer escolha implica abandonar algo. Todas as mudanças significam deixar alguma coisa para trás: essa é a única maneira de crescer e progredir. Dolorosamente, mas sabendo que nos tornamos mais ricos em experiência. Pouco a pouco, largamos o que é supérfluo e mantemos apenas o que é essencial. Como peregrinos que, no caminho de um santuário, sentem como pesam as coisas que não são importantes.

As palavras chegavam à minha língua sem nenhum esforço, guiadas por um conhecimento que parecia estar além de minha vontade.

— Quanto à erva daninha, não se esqueça de que você estava prestes a arrancá-la da terra. Seus preconceitos lhe diziam que todas as ervas daninhas são ruins porque invadem o espaço dos seres humanos e das flores. Mas você pode dizer que aquela erva era ruim por si mesma? Claro que não, pois ela estava desempenhando exatamente a tarefa para a qual foi criada, isto é, ser uma erva. Portanto, como você pode culpar uma criatura por tentar sobreviver de qualquer jeito, quando sua existência estava em perigo?

Desta vez o Jovem Príncipe me olhou com assombro, mas seus lábios permaneceram fechados.

— Eu não acredito que as coisas sejam boas ou ruins, a não ser em relação a nossas necessidades. Mas se eu tivesse de escolher uma qualificação, diria que, como Deus criou tudo, as coisas forçosamente são boas. No plano universal da criação, é possível que muito do que existe ou acontece tenha um significado que ainda não compreendemos. Será que as ervas daninhas existem para que não fiquemos preguiçosos, pois temos de arrancá-las da terra? Será que a dor existe no mundo para podermos amar e dar valor à felicidade? Será que o ódio existe para que nós possamos vivenciar a alegria espiritual do perdão? A verdade é que, sem dificuldades, seria impossível que nós nos tornássemos seres humanos melhores e descobríssemos nosso verdadeiro eu. É nos momentos mais críticos que trazemos à luz o que há de melhor em nós.

Respirei fundo e me calei. Prosseguimos a viagem em silêncio. Precisamos de tempo para permitir que o desejo de perdoar cresça dentro de nós.

Paradoxalmente, algumas pessoas acreditam que, ao perdoar os outros, estão concedendo uma bênção, quando na verdade o indivíduo que mais se beneficia do perdão é aquele que o concede. Os sentimentos negativos se voltam sempre contra a pessoa que os alimenta. Assim, ao não perdoar, ao invejar e odiar, estamos prejudicando a nós mesmos.

Uma lebre atravessou a estrada, justamente na hora em que um ensinamento de Buda atravessou minha mente:

"Aquele que me fere receberá em troca a proteção que vem do meu amor; e quanto maior for sua maldade, mais bondade receberá de mim."

"É impossível amar e perdoar as outras pessoas sem primeiro amar e perdoar a si mesmo."

Capítulo XVIII

Ao meio-dia, chegamos a uma cidade conhecida por seu hotel imponente, com um amplo centro de conferências. Fora construído para desenvolver a indústria do turismo na área e divulgar as atrações locais, mediante congressos para empresários, artistas e outros grupos.

Paramos lá para almoçar. Quando estávamos nos dirigindo ao restaurante, notamos, pelas portas abertas, que o grande salão de convenções estava cheio de gente. Ao olharmos casualmente para o púlpito, ficamos surpresos ao constatar que o orador era ninguém mais que o pai da família que encontráramos no dia anterior. Ele estava no final de um discurso de candidato, embora não conseguíssemos descobrir a que cargo ou função. Fiquei surpreso quando ele disse:

— ... Acreditem em mim. Eu não vou decepcionar vocês.

Foi quando seus olhos se encontraram com o olhar límpido e penetrante do Jovem Príncipe. Eu estava dominado pela irreprimível vontade de denunciá-lo publicamente, dizendo a todo mundo que naquela mesma manhã ele nos decepcionara, abandonando à própria sorte um cachorrinho indefeso.

Percebi com desgosto que o rosto do homem não revelava culpa nem vergonha, provavelmente porque essas emoções exigem um pouquinho de humanidade.

Na expressão do Jovem Príncipe, no entanto, não havia nenhum traço de rancor ou dureza, apenas uma grande luminosidade que sombra alguma poderia turvar.

Decidimos andar mais depressa até o restaurante, antes que os polidos aplausos despertassem a plateia, provavelmente faminta.

Estávamos iniciando a refeição quando o homem entrou no recinto. Ao nos ver, encaminhou-se diretamente para nossa mesa. Fiquei tenso, surpreso com o fato de que aquele indivíduo tivesse a coragem de nos encarar.

Mas o homem parecia calmo e relaxado. Aproximou-se de nós com um sorriso nos lábios. Pousando uma das mãos no ombro do Jovem Príncipe, disse:

— Foi maravilhoso o gesto de vocês, ontem à noite. E eu entendo perfeitamente que tenham se arrependido. O cachorro é mesmo especial. Mas devo dizer que as crianças ficaram muito desapontadas quando não o encontraram hoje de manhã...

— Eu não compreendo... — disse eu, lançando um rápido olhar ao Jovem Príncipe, que se mantinha calmo e impassível. — Como assim, eles não encontraram o cachorro?

Mas o pai prosseguiu, ignorando minha interrupção.

— ... Se vocês pelo menos tivessem deixado um bilhete, por exemplo, dizendo que amam muito o cãozinho, teria sido mais fácil explicar para as crianças que...

— Escute, por favor — disse eu em tom mais enérgico, incapaz de lidar com o fato de que aquele homem parecia compreensível e generoso, quando deveria ser o contrário. — Meu jovem amigo aqui não se arrepende de nada. Hoje de manhã, depois que vocês partiram, nós descobrimos o cachorro no bosque e achamos que...

— Que nós o tínhamos abandonado? — disse o pai, finalizando a frase que eu não ousara completar. — Abandonar esse filhote lindo e indefeso? Mas como você pode pensar num absurdo desses? — perguntou o homem com indignação.

Após um desconfortável momento de silêncio, em que eu não soube o que dizer, o homem continuou:

— Talvez vocês tenham me visto ser severo com meus filhos, mas eu não sou uma pessoa insensível e sempre tentei não ser injusto. Simplesmente, acredito que um pouco de disciplina é melhor que não ter limite nenhum.

Depois de pensar por uns momentos, ele acrescentou:

— Não consigo entender o que pode ter acontecido, a não ser que o cachorrinho tenha conseguido abrir a porta do cubículo durante a noite e se perdido no bosque.

Então olhou para o Jovem Príncipe.

— Os cães da raça *kuvasz* são muito irrequietos, sabia? Você tem muita sorte de ter encontrado esse filhote.

Eu ainda estava sem fala, incapaz de dizer qualquer coisa, como uma criança que foi apanhada se comportando mal.

— Vou me despedir agora. Boa viagem para vocês — disse o homem.

Quando ele já estava se afastando, o Jovem Príncipe o deteve.

— Onde eu posso encontrar os meninos? — perguntou meu jovem acompanhante.

— Eles estão nos quartos 310 e 311. Vão adorar ver você — disse o homem por sobre o ombro, caminhando em direção a uma grande mesa, onde era esperado para algum tipo de comemoração relativa à sua candidatura.

Mesmo conhecendo o Jovem Príncipe há relativamente pouco tempo, eu já podia imaginar o que iria acontecer: a nobreza de seu coração superaria sua afeição por Asas.

Minutos depois, a porta do quarto 311 se abriu, e os gritos das crianças novamente se misturaram aos latidos deliciados do cãozinho. Asas reencontrara seus estridentes donos.

No meio daquela tarde, de volta à estrada, prometi a mim mesmo que, na dúvida, iria pensar o melhor das pessoas, não o pior. Hoje, por mais que elas me decepcionem, acredito que o próximo indivíduo que eu encontrar merecerá meu amor e minha confiança. Agora sou mais feliz e vejo o mundo como um lugar melhor.

As expectativas favoráveis que tenho das pessoas e das circunstâncias têm atraído para mim pessoas e circunstâncias positivas. É como se a realidade desejasse fazer nossa vontade, para o melhor ou para o pior. Talvez seja verdadeiro o ditado que diz: "Acreditando que vai ter sucesso ou acreditando que vai fracassar, você tem razão."

Olhando para o Jovem Príncipe, vi que sua expressão estava tranquila. Eu não conseguia me lembrar de nenhuma ocasião, ao longo do dia, em que ele tivesse manifestado qualquer opinião negativa sobre a família.

Eu condenara o pai, cega e precipitadamente. E o que era pior: quando o vira no púlpito, percebera que, apesar de todos os meus comentários sobre o perdão, eu não o perdoara.

Por um momento, achei que o Jovem Príncipe suspeitara da verdade desde o início e me deixara pensar de forma errada. Mas bani esse pensamento de minha mente. Neste exato momento, os lábios do Jovem Príncipe se abriram em um sorriso luminoso e angelical...

Logo estávamos de novo na autoestrada que, serpenteando em meio a um vale, logo nos levaria à cidade onde eu era esperado por um casal de amigos, para ser o padrinho de seu primeiro filho.

Durante aquele terceiro dia, o Jovem Príncipe mal pronunciou uma palavra. Escutava o que eu dizia e mergulhava de novo em seus pensamentos, como se, pressentindo o final de nossa viagem, desejasse absorver toda a minha experiência.

— Por favor, me fale sobre a felicidade e o amor — pediu ele subitamente.

— Que assunto! — disse eu com um suspiro. — Eu poderia falar sobre isso com você por mais tempo que Sherazade nas "Mil e Uma Noites". Vou tentar lhe dar uma ideia do que uma vida pode ser com ou sem amor e felicidade, para que você mais tarde encontre seu próprio caminho. A experiência — comecei — me ensinou que não existe felicidade sem amor. Amor entendido como uma permanente paixão pela vida e um constante encantamento com tudo o que percebemos através de nossos sentidos, sejam cores, movimentos, sons, aromas ou formas.

— Você quer dizer — perguntou o Jovem Príncipe — que devemos colocar amor em tudo o que fazemos?

— Exatamente — respondi. — E fazer isso com paixão, seja no trabalho, na arte, na amizade, no esporte, na filantropia ou no romance. A felicidade — prossegui — é também um equilíbrio que requer a satisfação de uma ampla gama de necessidades humanas, das mais básicas, como comida, moradia, proximidade humana e estímulos sociais, até a criatividade, o reconhecimento, a produtividade e a variedade, inclusive outras ainda mais altas, como a necessidade de transcendência, o amor, o altruísmo e o propósito da própria vida. Somente nossa inteligência pode satisfazer essas necessidades de forma harmoniosa, de acordo com quem somos.

— Como posso saber se fui bem-sucedido? — perguntou o Jovem Príncipe.

— A felicidade — expliquei — não é tanto o objetivo final que alcançamos, como se fosse a estação final de um trem, mas um modo de viajar, ou seja, de viver.

— Um trem...? — começou a dizer o Jovem Príncipe.

— Não é um sentimento passivo — continuei, ignorando a interrupção. — Ao contrário, a felicidade exige atenção e trabalho diário para ser alcançada e aumentada.

— Por que você sempre diz primeiro o que alguma coisa não é? — reclamou o Jovem Príncipe. — Você economizaria metade do tempo se não fizesse isso.

E antes que eu pudesse dizer algo a respeito de nossa realidade bipolar, ele insistiu:

— O que é um trem?

— Um grupo de vagões puxado por uma locomotiva. Correm em dois trilhos que geralmente chamamos de ferrovia — respondi sucintamente, tentando não dizer o que um trem não era.

— Se é difícil sair de uma autoestrada — observou o Jovem Príncipe —, deve ser quase impossível sair de uma ferrovia.

Meu silêncio confirmou sua intuição.

— Parece haver muito pouca liberdade neste planeta — concluiu ele.

Parecia inútil iniciar uma discussão sobre a questão do livre-arbítrio, portanto retornei ao assunto anterior.

— Viver feliz requer uma defesa da liberdade, mas também da vida, da ética, da autoestima, da lealdade e da paz. Isso é dever de todo ser humano que queira viver melhor e também uma atitude honesta com nós mesmos e com as outras pessoas.

— O que significa “viver melhor”? — perguntou o Jovem Príncipe.

— Viver melhor é exercer a capacidade de viver plenamente, atraindo o que nos enriquece em termos emocionais, materiais e espirituais.

Fiz um esforço para me controlar e não explicar que o contrário de viver melhor é sobreviver, o que implica viver com o mínimo possível. Mas me sentia ferido no orgulho e não estava disposto a explicar mais que o necessário, mesmo que isso significasse não me fazer bastante claro.

— Parece que nós precisamos de um monte de coisas para sermos felizes — disse o Jovem Príncipe.

— Na verdade, não precisamos — contrapus rapidamente. — A felicidade é oriunda do ser e não do ter; de apreciarmos o que já possuímos, não de tentarmos conseguir o que não temos. Muitas vezes, o que não temos pode ser uma fonte de felicidade, pois permite que outros indivíduos complementem nossas posses. Se fôssemos tão perfeitos a ponto de ter tudo, como poderíamos nos relacionar com os outros? Alguém disse uma vez que não é nossa força que nos aquece durante a noite; é nossa ternura que faz com que outras pessoas queiram nos proteger.

Depois de alguns momentos em silêncio, vendo que meu jovem amigo estava ouvindo atentamente, prossegui.

— No que diz respeito ao amor, acho que a maior verdade já dita sobre ele é que aprendemos a amar, amando. Todos nós temos uma grande capacidade para dar amor. Até com um pequeno gesto ou um sorriso, que gratificam tanto a pessoa que dá quanto a que recebe.

— Acho que este planeta seria muito agradável se seus habitantes se cumprimentassem com um sorriso quando se encontrassem — disse o Jovem Príncipe.

— O verdadeiro amor — continuei — se concentra no que é bom para a outra pessoa, esquecendo o que é bom para nós. Para esse amor, que aceita tudo e perdoa tudo, nada é impossível. Se tratarmos os outros pelo que são, eles continuarão do mesmo jeito, mas se tratarmos os outros pelo que poderiam ser, eles alcançarão a verdadeira plenitude. Esse é o amor altruísta, que torna tudo melhor em seu caminho e não deixa nada nem ninguém indiferente a ele.

— Mas mesmo com um grande amor, nós não podemos resolver tudo — disse o Jovem Príncipe, talvez com saudade de sua flor ou do asteroide perdido no espaço, com dois vulcões a ponto de explodir.

— Mas você sempre pode fazer algo, não se esqueça disso — respondi. — Amar é não desistir de fazer essa coisa. Se tudo o que tem é o amor, você irá descobrir que o amor é suficiente.

— Deve ser muito triste não ser amado — observou o Jovem Príncipe.

— Mais triste ainda é não ser capaz de amar — disse eu e complementei: — Existem aqueles que concebem o mal como uma força poderosa oposta ao amor. Eu acho que nossa maior tragédia acontece quando deixamos de amar. A falta de amor: isso é que é o Inferno.

— O que acontece quando você comete um erro e fracassa em seu amor?

— Eu não vejo os erros como fracassos, pois nós podemos aprender com eles. O único fracasso é não tentar outra vez, e mais outra, de formas novas e inventivas. Se você simplesmente repetir o que fez antes, vai obter sempre o mesmo resultado. Portanto, você nunca fracassa no amor: o único fracasso é não amar.

— Como posso saber quem merece minha ajuda e meu amor? — perguntou o Jovem Príncipe.

— É comum nós ajudarmos apenas aqueles que merecem nossa ajuda. Isso está errado, pois nossa tarefa não é julgar méritos, uma coisa dificílima de fazer, mas apenas amar. Assim como acontece com o perdão, aquele que mais ama é quem se torna mais rico. Afinal, se Deus ama todos os seres humanos de forma igual, por que iríamos excluir alguns e preferir outros? Tenha piedade daqueles que se aproveitam de sua bondade. Para finalizar — disse eu —, se você dedicar a vida a extrair o que há de melhor nas pessoas, vai acabar encontrando o que há de melhor em você mesmo.

— O medo da morte — perguntou o Jovem Príncipe subitamente — não impede a pessoa de ser feliz?

— Há muitas pessoas que se preocupam com o fim de suas vidas; elas deviam se preocupar mais em dar um verdadeiro significado à vida que têm, uma verdadeira utilidade. Eu acredito que alma nenhuma está realmente perdida e que todos nós iremos alcançar nosso destino. Mas se formos julgados algum dia, eu não tenho dúvida de que a pergunta vai ser: "Quanto você amou?" Ninguém vai nos perguntar: "Quanto você ganhou?", e sim, "Quanto você deu aos outros?" A grandeza aparente não terá importância, somente aquilo que doamos é que vai contar.

Depois de uma breve pausa, acrescentei com mal contida emoção:

— Quer saber de uma coisa? O amor é mais forte até que a morte. Tive um irmão que adorava asas. Tinha asas de todas as cores. Dizem que morreu, mas ele ainda está vivo em nossos corações. Portanto, acredito que os únicos indivíduos que estão realmente mortos são aqueles que nunca amaram e que não desejam mais amar.

Capítulo XIX

Alcançamos os arredores da cidade onde meus amigos estavam à minha espera. Mas ninguém estaria esperando o Jovem Príncipe — agora nem mesmo em seu próprio planeta. O pensamento me entristeceu. Convidei-o então a me acompanhar.

— A vida tem sido generosa comigo — disse eu —, e eu gostaria de ajudá-lo enquanto você precisar.

— Obrigado — disse ele —, mas você já fez tanto...

Justamente naquele momento, próximo ao centro da cidade, paramos em um sinal de trânsito. Um mendigo se aproximou do carro e estendeu a palma da mão em nossa direção. Quando o Jovem Príncipe abaixou o vidro da janela, sentimos um forte fedor de álcool.

— Você tem dinheiro? — perguntou meu jovem amigo.

— Acho que estou sem trocado — respondi.

— Então me dê o que você tem — insistiu ele.

— Você tem certeza? — perguntei em tom de dúvida, enquanto tentava puxar minha carteira, presa no bolso traseiro de minhas calças. — Ele vai gastar tudo em bebida.

O sinal abriu e o carro atrás de nós sinalizou para que nos movêssemos, com o mendigo ainda debruçado na janela.

— Vá para o lado e deixe o carro passar — pediu meu amigo.

Descobri então, mais uma vez, que era impossível resistir a seus apelos; era como se viessem direto do coração.

— Ainda há pouco você me disse que devemos doar sem olhar a quem. Bem, eis um homem pedindo ajuda.

— Eu não creio que, neste caso, dinheiro resolverá os problemas dele — disse eu, embora geralmente eu tente ajudar sem pensar no assunto.

— Talvez o vinho sirva para diminuí-los — disse o Jovem Príncipe. — A não ser que você queira ouvir a história dele; só assim vai saber como realmente pode ajudar. Sabe de uma coisa? — disse ele subitamente, como se iluminado por um novo pensamento. — Acho que é uma ótima ideia. Vou passar a noite aqui. Talvez eu possa fazer alguma coisa por ele. Se não puder, um pouco de atenção e companhia não farão mal nenhum.

— Mas você não pode simplesmente ficar aqui, na calçada, sem saber quem é esse homem...

O Jovem Príncipe interrompeu minhas objeções.

— Não se esqueça de que três dias atrás eu também estava à beira de uma estrada e você me ajudou. Qual é a diferença? Nossa aparência? Você também disse que não devemos nos guiar pelas aparências. Você fez sua boa ação, deixe que eu faça a minha. Vá se encontrar com seus amigos que querem sua companhia. Eu posso ser mais útil aqui.

Como se o pensamento tivesse acabado de lhe ocorrer, ele acrescentou:

— Volte amanhã, ao nascer do dia. Eu gostaria de dizer adeus.

Com essas palavras, fechou a porta do carro e foi sentar ao lado do mendigo. Como eu hesitava em me afastar, resistindo à ideia de deixá-lo ali, ele gesticulou para que eu partisse.

Não consegui parar de pensar no Jovem Príncipe, nem nas circunstâncias em que nos separáramos. A possibilidade de que ele pudesse entabular uma conversa significativa com o mendigo era remota, pois quando alguém escolhe o caminho da autodestruição é muito difícil fazer com que retroceda. Era possível até que o homem reagisse com violência a qualquer tentativa de ajuda. Mas aquele jovem de coração puro e sorriso transparente poderia conseguir o impossível, se é que havia alguma coisa impossível para ele. No entanto, sentado à esquina, com o boné virado ao contrário, ele parecia mais um adolescente sem teto.

Durante a festa, enquanto eu compartilhava o alegre momento com meus amigos, a imagem do Jovem Príncipe desapareceu, como um espinho cravado em nossa pele que deixa de doer. Quando fui dormir, porém, não pude deixar de comparar minha cama quente e macia com a calçada fria e dura. Por alguns instantes, estive tentado a ir buscá-lo. Cheguei a deixar o quarto, mas algo me recomendou que não o desobedecesse. Abri a janela. Era uma agradável noite de primavera, embora a brisa estivesse um tanto fria. A estrela da manhã estava quase tão brilhante quanto a lua. Uma vez mais me maravilhei com o céu estrelado da Patagônia, que nunca deixa de deslumbrar mesmo os que sempre o contemplam...

Capítulo XX

Como eu deixara a janela aberta, para me sentir mais próximo de meu jovem amigo, acordei com as primeiras luzes do dia. Vesti-me rapidamente e, sem tomar o café da manhã, dirigi até o lugar onde havíamos nos separado.

O desconforto que eu sentia na boca do estômago desapareceu quando o vi tagarelando com o mendigo, como se fossem velhos amigos.

— Olá! — disse o Jovem Príncipe, adiantando-se para me receber, bem-disposto como se tivesse dormido sobre um colchão de pétalas de rosas.

— Olá! — respondi. Um tanto curioso, perguntei: — Me diga, qual é a história dele?

— Ele é uma boa pessoa, se formou em uma universidade e tinha uma boa posição econômica. Durante um check-up de rotina, foi diagnosticado com uma doença terminal: só tinha dois ou três meses de vida. Ele saiu do consultório em completo desespero e, para poupar a família de sofrimentos, resolveu dar fim à própria vida. Felizmente, não teve coragem, ou melhor, a covardia de fazer isso. Acabou tomando o primeiro trem que encontrou e veio para este lugar, onde desistiu de tudo.

Um sorriso surgiu no rosto do Jovem Príncipe, quando ele percebeu meu assombro — uma prova de que eu, mais uma vez, avaliara mal uma pessoa e uma situação.

Mas ele continuou a história, sem mencionar que notara mais uma falha de julgamento minha.

— Levei a noite inteira para convencê-lo de que ele deveria voltar para casa e deixar que seus familiares o cerquem de carinho, talvez retribuindo um pouco do que receberam. O amor, mesmo que não seja eterno, pode ser infinito enquanto dura.

— De fato — disse eu, comovido com a história. — Já ouvi muitas vezes que os últimos momentos de vida podem ser mais intensos que todos os anos anteriores. Acho que o tempo não é, necessariamente, linear. Que maravilha seria se pudéssemos viver cada dia como se fosse o último! Quantas coisas iríamos fazer, e quantas iríamos nos recusar a fazer! E também estou convencido de que a morte só vem até nós depois que aprendemos tudo o que viemos ao mundo para aprender. — Finalmente, perguntei ao meu amigo: — O que você vai fazer agora?

— Vou acompanhá-lo até sua casa e ficarei com ele e sua família enquanto precisarem de mim. De qualquer maneira, a gente nunca pode descartar a possibilidade de um milagre — disse ele sorrindo. E acrescentou com uma piscadela: — Às vezes os diagnósticos estão errados.

Com essas palavras, ele me abraçou. Senti uma corrente elétrica percorrer meu corpo, como se cada artéria, cada nervo e cada célula tivessem sido carregados com uma nova energia. Por um instante, tive a sensação de estar suspenso no espaço. Depois, ainda um tanto abalado, dei também uma piscadela e disse:

— É verdade, nunca devemos descartar a possibilidade de um milagre.

O mendigo parecia cheio de uma nova vitalidade. Seu rosto, antes sombrio e macilento, adquirira uma expressão angelical e visionária.

Enquanto ambos se afastavam, tive a impressão de que transportavam uma nova luz pelas ruas da cidade ainda adormecida.

De súbito, comecei a ver tudo de forma diferente. Senti que fora o Jovem Príncipe quem me guiara com suas perguntas, das quais já sabia as respostas. Era eu quem deveria tentar não ser massacrado por meus problemas. Era eu quem deveria não me tornar um fantasma ou uma pessoa séria. Era eu quem deveria sentir mais afeição por um animal que por uma máquina; eu quem deveria viver no presente, deixando de me agarrar ao passado e ao futuro; eu quem deveria me esquecer de ter e me concentrar em ser; quem deveria deixar de me emaranhar nos meios para me concentrar nos fins; quem deveria crescer no amor para ser feliz.

O Jovem Príncipe me permitira descobrir o melhor que havia nele apenas para que eu pudesse descobrir o melhor que havia em mim.

Foi um milagre que, em três dias, transformou-me dos pés à cabeça. Um desses prodígios colossais que ocorrem sem que ninguém os note, pois os milagres do amor são imensos e simples assim.

Lágrimas de alegria turvaram minha visão. Era minha hora de dizer “obrigado”, embora ele estivesse distante demais para me escutar. Mesmo assim, naquele exato momento, ele se virou e sorriu para mim. Mesmo àquela distância, fui ofuscado por sua luz branca. Percebi então que todo o universo sorria com ele.

"Era eu quem deveria viver no presente, deixando de me agarrar ao passado e ao futuro."

Epílogo

Esta é a história de minha jornada, caro leitor — e é para que você não fique tão triste que me apresso em lhe escrever.

Acho que você concordará que a vida agora ficou mais bela e que não devemos nos preocupar tanto, pois o Jovem Príncipe retornou, desta vez para viver entre nós.

Nunca mais o vi. Mas todas as vezes que sorrio, ou tenho a chance de ser bom com alguém, sinto como se uma onda começasse a se levantar. E se a pessoa que estou ajudando estende a mão e sorri para outra pessoa, seremos parte de uma maré que alcançará todas as pessoas. Portanto, quando sinto falta do Jovem Príncipe, inicio uma onda, sabendo que ela irá alcançá-lo. E se estou triste e alguém sorri para mim — desde aquela manhã em que o vi pela última vez —, sei que o Jovem Príncipe sorriu, esteja ele longe ou perto.

Às vezes, quando passo por algum parque e vejo jovens brincando, percebo que estou tentando vislumbrá-lo. Mas então me lembro de uma coisa que ele falou: "Você não deve se fechar a outras pessoas enquanto estiver procurando um amigo." Então compreendo que não devo continuar a procurar por ele, pois posso encontrá-lo em cada indivíduo com os olhos do coração.

Ao longo de minha vida, passei longas noites procurando um amigo — de cidade em cidade, de fronteira a fronteira —, até que, certa manhã, encontrei-o sorrindo em meu coração...

Era uma agradável noite de primavera, embora a brisa estivesse um tanto fria. A estrela da manhã estava quase tão brilhante quanto a lua. Compreendi então que devia erguer meus olhos para o céu!

De repente, ocorreu uma coisa assombrosa. As estrelas pareceram sorrir para mim. E quando a brisa soprou, elas repicaram como 500 milhões de sinos.

"Você não deve se fechar
a outras pessoas enquanto estiver
procurando um amigo."

Dedico este livro:

A Jesus Cristo, a luz que me guia.

A minha avó, María Josefina Miller de Colman, a meu irmão, Andreas Christian, a meus amigos Juan Angel Saroba e Gerardo Leone, in memoriam.

A Antoine de Saint-Exupéry, que me deu forças para preservar minha inocência e pureza de coração.

A meus pais, que ao longo dos anos conseguiram fazer com que o amor vencesse.

A meus irmãos, minha querida família e amigos, pois partilhar minha felicidade com eles aumenta minha própria felicidade.

A meus professores, e às dificuldades que encontrei em meu caminho, pois todos moldaram meu caráter, permitindo que eu descobrisse meu espírito.

A meus deuses-meninos, que me fazem encarar o futuro com alegria e entusiasmo.

A meu Jovem Príncipe, que teve outra chance para ser feliz e não a recusou.

Agradecimentos

Meus mais profundos agradecimentos àqueles cujas palavras e sabedoria podem estar, de alguma forma, refletidas nesta história. Eu não tenho como especificar, após tantas conversas, palestras, livros e publicações, como cada um deles contribuiu para o modo como penso e sinto hoje. Acredito que o melhor modo de agradecer é partilhar esses ensinamentos que me foram transmitidos e que funcionaram tão bem quando tentei aplicá-los. Juntamente com minha própria experiência, eles são a base sobre a qual, dia após dia, eu continuo a construir minha felicidade e meu progresso espiritual.

Alejandro Guillermo Roemmers nasceu em Buenos Aires em 1958 e começou a escrever ainda menino. Sua poesia foi objeto de numerosas publicações e honrarias, entre elas o Segundo Prêmio de Poesia da Universidade Autônoma de Madri, o Prêmio do Pen Club da Espanha e o Prêmio Miguel Hernández por sua trajetória poética. Em 2010 foi nomeado Personalidade Destacada da Cultura pelo governo da cidade de Buenos Aires e, nesse mesmo ano, recebeu um reconhecimento da Universidade Nacional Autônoma do México. Também foi homenageado pela Câmara de Deputados da Argentina, em reconhecimento a sua contribuição à cultura e às letras. Atualmente é vice-presidente da Fundação Argentina para a Poesia e presidente honorário da Associação Americana de Poesia. A Sociedade Argentina de Escritores o distinguiu nomeando-o Embaixador das Letras Argentinas. Roemmers soube conciliar sua condição de empresário de relevância internacional com sua profunda vocação para a escrita. *O Retorno do Jovem Príncipe* será publicado em mais de 15 países e idiomas.

Este livro foi impresso na
LIS GRÁFICA E EDITORA LTDA.
Rua Felício Antônio Alves, 370 – Bonsucesso
CEP 07175-450 – Guarulhos – SP
Fone: (11) 3382-0777 – Fax: (11) 3382-0778
lisgrafica@lisgrafica.com.br – www.lisgrafica.com.br